講談社文庫

お医者同心　中原龍之介

猫始末

和田はつ子

講談社

お医者同心　中原龍之介　猫始末◎目次

お医者同心　中原龍之介　猫始末

第一章　春爛漫つかのま

一

新川筋の下り酒問屋井澤《いざわ》屋の若旦那光太郎《こうたろう》が、北町奉行所の定町廻《じょうまちまわ》り同心に任ぜられたのは、春の彼岸を過ぎてほどなくのことであった。

光太郎は岡っ引きを従えて捕り物に出向く、定町廻りに幼い頃から憧れていた。何より、赤い房が目に鮮やかな十手《じって》の重みを是非とも、我が身で味わってみたい。きっとあの重みこそ、人助けの重みに違いないと、正義感の塊の光太郎は信じてやまなかった。

わくわくとうれしく、気もそぞろの光太郎は、春の朝、目を覚まして、うららかな朝日に祝福されていると感じた。これほど満ち足りて目覚めたことはなかった。

昨夜、光太郎は幼い頃から、時折見たのと同じ、気に染まない夢を見た。

周囲は一面の緑がすがすがしい山中である。夢の中の光太郎は魚釣りが道楽の父幸《こう》右衛門《えもん》に連れられて、渓流で釣り糸を垂らしている。父親の垂らしていた竿がびくりと動いて、山女魚《やまめ》が釣り上げられた。山女魚は二つ違いの弟孝二郎《こうじろう》の顔をしている。

山女魚はひとしきり、元気に跳ねて暴れると、魚籠《びく》の中で動かなくなった。

〝泳いでこそ魚だ〟

幸右衛門が呟くと水を張った盥《たらい》が現れた。なにぶん、夢の中のことである。

〝おとっつぁん、山女魚はもう死んでる。無理です。泳ぎはしませんよ〟

〝そんなことはない〟

父親は魚籠から山女魚をつかみだし、盥に投げ入れた。山女魚は懸命にひれを動かし始める。

〝ほれ、やっぱり、魚は水を得れば生き返るのだ〟

幸右衛門は持ち前の豪気さで笑った。

〝違いますよ〟

言い返した光太郎はいつの間にか、盥の中の山女魚になっている。重いひれを動かし続けるのがたいそう辛い。いつまで続くか――。

すると、

〝おとっつぁん、水を得た魚とはよく言ったものですね〟

山女魚だったはずの弟が、いつもの姿で盥を覗きこんでいる。

今まではここで目が覚めるのだったが、今朝はとうとう、

〝そうじゃない。悪いが俺は水に合わない魚なんだよ。酒はただ飲むのが好きで、勘定と名がつくと好きになれない。商いには向かないんだ〟

初めて、言い返して夢から覚めたのであった。

井澤屋幸右衛門がどうしても跡を継ぐのが嫌だと言い張る、長男光太郎のために同心株を買い与えたのは、昨年の暮れも迫った頃、のことであった。千住の先の梅田村に隠居し、草木を育てて余生を送りたいという、妻子のいない老同心松本弥《まつもとや》一郎《いちろう》から二百両で買い受けたのである。

「今日は八丁堀《はっちょうぼり》へ引っ越して、明日からは定町廻り同心見習い松本光太郎だぞ」

光太郎は意気込んで起き上がると、布団を畳んで身支度を調え始めた。定町廻りの定服である、黒の紋付き羽織に着流しの帯刀である。

「光ちゃん、黒紋付きは巻羽織で決めてね」

光太郎は幼い時に母親を亡くしている。代わって、黒紋付きを見立ててくれたのが、日本橋は堀江町の草双紙《くさぞうし》屋よし林《りん》の娘おたいであった。

おたいとは、草双紙好きな光太郎がよし林に通い詰めているうちに知り合い、互いに草双紙好きなことがわかって、話をするようになった仲である。

好奇心旺盛なおたいは、くるくるとよく動く愛らしい目と、よく伸びた肢体の持ち主であった。誰よりも柳井縞《やないじま》や格子柄が似合うと自負している洒落者《しゃれもの》で、それゆえ、光太郎にも竜紋裏のついた三ツ紋付きを誂《あつら》えさせた。

竜紋とは羽二重《はぶたえ》よりもやや厚地の絹地で、三ツ紋付きとは、背中の中央部と両袖の背面に家紋を付けた略式の正装で、長めの羽織である。この羽織の裾《すそ》を内側にめくり上げて、端を帯に挟み、普段に着る茶羽織のように短く着るのが巻羽織であった。これは動きやすいので、廻方同心にはうってつけである。着物の身幅も女幅にして、裾を割れ易くしてあった。おたいに言わせれば、

「あたし、夏には、茶の縞の単衣《ひとえ》に、ふくらはぎがちらっと見えるよう、黒い縞帯を締めるの。そんなあたしの粋姿と同じくらい、恰好いいわよ」

ということになる。

「すてき、光ちゃん、身体が大きいから見栄えがするわ」

光太郎が黒紋付きを巻羽織にして見せると、おたいは歓声を上げた。

〝本当におたいの言う通りだろうか〟

滅多にないことだが、光太郎は亡き母の部屋へ足を向け、鏡台を出して、ぐるりと回ってみた。

定町廻りに憧れてきた光太郎は道場通いを続けてきた。そのせいか、がっしりとし

た長身のなかなか見事な体つきであった。

〝何だか、図体ばかり大きくて、かえって野暮に見える〟

鍛えた体つきはおおいに気に入っていたが、小町娘と謳《うた》われた母親譲りのぱっちりとした大きな目と、通った鼻筋は、如何《いか》にもひ弱そうで物足りなかった。唯一、得心できるのは父親とそっくりの大きな四角い顔だった。これさえ、母親に似て、役者のような細面《ほそおもて》であれば、実は、人も羨《うらや》む完璧な男前なのであった。

足音が聞こえて、

「ここに居たのか」

父の幸右衛門が障子を開けた。

幸右衛門の年齢《とし》は四十半《なか》ば、削り出した岩のような厳しい顔つきをしている。太い眉に釣り合わない細目で、短い鼻が据わっている。口角の下がった唇は不機嫌でなくとも、常にへの字に結ばれていた。

「ここでしたね」

弟の孝二郎が従っていた。幸右衛門似の孝二郎は、光太郎より年下だというのに、五つ、六つ老けて見られる。二人とも小柄で光太郎の肩にも届かない。

「きっと、兄さんはおっかさんに別れを言いたくて、ここに居るだろうと思ったんです。ね、おとっつぁん、やっぱりその通りでしたでしょう？」

孝二郎は幸右衛門に相づちをもとめて、笑い顔になった。笑うとさすがに、無邪気な表情は若者らしかった。

「別れの挨拶は仏壇にすればよい」

幸右衛門が顔をしかめると、岩に似た顔はますます近づきがたいものになった。孝二郎はしまったとばかりに目を伏せた。弟は兄と異なり、子どもの頃から、父親に楯を突いたことがなかった。

「おとっつぁんは自分の言い分ばかり押しつけてくる。どうして、おとっつぁんに何にも言い返さないんだい？」

光太郎は一度聞いたことがあった。

すると、

「だって、おとっつぁんは間違っちゃいないもの」

孝二郎は無理なく素直に答えた。

〝おとっつぁんと孝二郎は、何を大事にするのかが似ている。井澤屋を孝二郎が継ぐのは何よりのことだ。きっと立派な四代目になるだろう〟

光太郎はしみじみとそう思ったが、その言葉を腹におさめ、母親のことが念頭にあ

って、部屋を訪れたわけでもないのに、

「仏壇に入ってるのは、おっかさんだけじゃありませんからね」

わざと幸右衛門の気に障るようなことを言った。

「おまえは御先祖様よりも母親だというのか」

案の定、幸右衛門は眉を上げた。

「昨日、奉行所の方々にはご挨拶を済ませました。わたしは今日から、松本光太郎、今後、井澤屋を名乗ることはありません。御先祖様に手を合わせるのは孝二郎の役目です」

そう言い切ると、光太郎は、手を合わせ、

「おっかさん、では、さようなら」

呆気にとられている二人を尻目に部屋を出た。

〝これで、たしかにこの家とも、おっかさんともお別れだ〟

多少は感傷的な気分に浸っていると、

「待ちなさい」

幸右衛門が追ってきた。

「まだ、何か？」

振り返ると、

「おまえ、勝手に祝言を挙げると聞いたが本当か？」

「ええ」

光太郎は悪びれる様子もなく応えた。

「相手は、まさか、あの草双紙屋の娘ではなかろうな」

幸右衛門の目が三角になった。

「そのまさかですよ。役宅に住むことのできる身分にもなりましたし、おたいと所帯を持つことにしました。祝言と言っても、二人で妙珠稲荷《みようじゆいなり》に詣でるだけです」

「あの娘はおまえにふさわしくない」

「そう、おっしゃると思っていたんで、今まで黙っていました」

光太郎は幸右衛門の後ろでうなだれている孝二郎の方を見た。孝二郎に厳しく、口止めしておいたからである。

〝孝二郎は真面目だから、黙ってはいられなかったのだろう〟

「おまえは武士になった」

「はい」

「武家社会は付け届けが肝要。三十俵《ぴよう》二人扶持《ぶち》の軽輩とはいえ、武士は武士、それなりのつきあいもせねばならぬ。妻女には、節約を旨として、家計をやりくりする才覚が必要になる」

「わかっています」

「いや、わかってなぞいない。この大馬鹿者が――」

とうとう幸右衛門は大声を張り上げた。

二

おしゃべりで活発な女の子をおちゃっぴいと呼んだ。これに軽はずみが加わるとおきゃんな娘なのだが、幸右衛門はおたいをおちゃっぴいが直らず、おきゃんになった二十歳《はたち》の行き遅れと見なしていた。

おたいは草双紙の話に夢中になると、誰かれなく話し続ける癖があり、実はこれは光太郎も同じなのだが、

「おまえの好きな話も馬鹿げた絵空事ばかりだが、あの娘の話はおまえの話より悪い」

幸右衛門を辟易《へきえき》させていた。

「どこかからの聞き齧《かじ》りなのだろうが、女の口から出てよいものではない。どれも品位に欠ける」

おたいが好きなのは、珍談、奇談、怪談などの、実際にあったとされる話をまとめた草双紙の数々であった。この手の話は、こうあった、ああったと書かれているだけで、今昔物語集のように、だから、そうあってはならず、こうあるべきだと説教で結ばれてはいない。

片や、おまえの話の方がましだとされる光太郎の好む草双紙は、これはもう、徹底して、語り聞いた昔話であった。

孝二郎を産んですぐ亡くなった母さとに代わって、ばあやのおうめが、光太郎、孝二郎の兄弟を育てた。若い頃、旅役者の一座に居て、諸国を回っていたというおうめは、各地に伝わる昔話が得意で、子守歌代わりに聞かせてくれた。〝桃太郎〟もこれらの一つである。光太郎は見たことも聞いたこともない不思議な出来事に、たいそう心惹かれて夢中になったが、長じた孝二郎の方は、

「ほら、ばあやのあの話があったじゃないか」

と光太郎が問い掛けても、

「そんな話、聞いたかなあ」

首をかしげるばかりだった。

ともあれ、こうした草双紙好きが二人を結びつけたのである。

「俺さ、今度、やっと念願の同心になるんだ。三十俵二人扶持だけど、何とか暮らして行ける。一緒にならないか」

「うん、いいよ」

おたいはあっさりと受け入れた。とりたてて、感動はなかった。嫌でこそなかったが、うれしくはなかったのである。

そして、この時、あのかぐや姫は月へは帰らず、本当は気楽な身分の男のところへ嫁に行って、次々に子を産み、ぶくぶくと肥えたのかもしれないと思った。

これではよくある当たり前の話で、珍談、奇談ではなく、昔話にもなり得ないが、

〝かぐや姫は二十歳を過ぎていたかもしれないし――〟

幸右衛門に指摘されるまでもなく、おたいは自分の年齢を気にしていたのである。

おたいはほっとした。

「おとっつぁんが何と言っても、俺はおたいと一緒になります」

光太郎は意地になった。さっきの母の部屋での一件と同じである。

「それほど、あの娘が好きか」

「はい」

正確に言えば、好きなのは、おたい本人というよりも、おたいと一緒に話せる草双紙の方ではあったが――。

〝おたいと一緒だと話が尽きず、楽しいのだから、まあ、これが好きということなのだろう〟

「ならば、本日、吉日のうちに祝言を挙げるとしよう。祝言は今宵、おまえの引っ越し先の役宅にて行うことにする」

「そんな大袈裟《おおげさ》にしなくても――」

「何を言うか。三三九度の夫婦盃《めおとさかずき》を取り交わさずに、夫婦になるなぞもってのほかだ」

ここまで言われると、さすがの光太郎も、もう、何も言い返せなかった。

すでに引っ越し荷物は、裏木戸の外の大八車に積まれている。

「誰か、蓬萊台《ほうらいだい》を――」

怒鳴るように奉公人を呼びつけた幸右衛門は見送りには出なかった。手懸け盛りともいう蓬萊台は、蓬萊山を形どって作った山形の台で、松竹梅、鶴亀、翁《おきな》、媼《おうな》が飾られている。祝言には欠かせない飾り物であった。

光太郎が大八車の前に立つと、一緒に役宅まで来ることになっていた孝二郎が、

「兄さん」

神妙な顔で光太郎を見つめた。

「何だい」

光太郎はぶすりと応えた。

祝言とはいえ、早々に、役宅に幸右衛門に乗り込まれるのは気が進まなかった。せがんで同心株を買ってもらったという、負い目のなせる心の動きである。

正直、孝二郎を恨んだ。

「おまえが余計なことを言うからだ」

「たしかにおとっつぁんに言ったのは、兄さんとの約束破りで悪かったと思ってる。けど、祝言はおたいさんだって、願ってることだよ」

「そんなこと、おたいは言っちゃいないよ」

「どうせ、白無垢《しろむく》のことも知らないんだろうね」

孝二郎の口調がやや呆れた。

「何だ、それ？」

「この前、おたいさんのところへ兄さんから頼まれて、草双紙を返しに行った時、お

たいさんが留守で、応対に出たおっかさんが見せてくれたんだよ。わけあって、自分は花嫁衣装を着られなかったから、おたいにだけは着せたいんだって。その時、ちょうど、おたいさんが帰ってきて、〝あら、仕上がってきたのね〟って言って、二人してうれしそうに白無垢を見てた」

「信じられない」

光太郎は憮然とした。

「女はね、たとえ、そうじゃないように見せてても、誰でも花嫁衣装が着たいもんらしいですよ。たしかに一生に一度のことだから」

「ふーん」

人の気持ちを忖度《そんたく》する力量では、光太郎は弟に到底敵《かな》わなかった。ことに女の気持ちについてはなおさらである。

「おまえ、女心にくわしいな」

「俺は兄さんと違って、おとっつぁん似だから、勝負は優しさなんです」

〝このぶんじゃ、孝二郎も好いた女と夫婦になる日も近いだろう。ますます、井澤屋は安泰だ〟

光太郎は知らずと温かい目を孝二郎に向けていた。

「だから、兄さん、ここは俺に任せて、墓参りに行ってください」

「墓参りだって？」

井澤家の菩提寺清善寺は深川にある。八丁堀とは反対の大川の向こう側であった。

「ばあやだって女ですよ」

身よりのなかったばあやのおうめは、井澤家の菩提寺に眠っていた。

「まあ、たしかにそうだが」

「仏壇に入ってないし、ばあやがいた部屋も他の奉公人が使ってるから、清善寺に参らない限り、ばあやには挨拶できないでしょう。兄さんはこの彼岸にもお参りしなかったし」

「そうだった――」

彼岸の頃、光太郎は、おたいの家に上がりこんで、母親およしの作る牡丹餅《ぼたもち》をほおばりつつ、草双紙の話ばかりしていた。

「女の恨みは怖いとも言いますよ」

あれだけ自分を可愛がってくれたばあやが、今更、恨みを抱くとは思えなかったが、

〝顔も思い出せない母親に別れを告げて、ばあやに言わないのは、たしかに薄情だ

な〟

孝二郎の言う通りにしようと決めた。

「荷物だが、何があっても、その柳行李《やなぎごうり》だけは無事に届けてくれ」

柳行李には、光太郎がおうめの話を書き留めた、何冊もの覚え書きが詰まっている。

「わかってるよ。兄さんにとっては、井澤屋よりも大事なものなんだろうから。それからこれはくれぐれも言っておくけど、おうめの墓だけに参るのではなく、御先祖様のご機嫌も伺わなければ罰が当たるからね」

こうして、孝二郎と別れた光太郎は、清善寺へと足を向けた。

井澤家の大きな墓は山門を入ってすぐの場所にあり、おうめの小さな墓石と隣り合っている。

まずは井澤家代々の先祖の霊に手を合わせた後、光太郎はおうめの墓の前に立った。

〝そういえば、おうめの死に際に、――死なないでくれ――と俺が泣いて頼むと、

――大丈夫ですよ、若旦那様、そのうち、必ず、若旦那様をお世話なさるよい方ができて、うめのことは忘れておしまいになります。それでよろしいのです。草葉の陰か

ら、うめはずっと、若旦那様の幸せを祈っております——と、おうめは言い残した。

その通りになった。おたいに逢って、おうめのしてくれた昔話は覚えているものの、おうめがどんな様子だったかは、顔や声なども忘れかけていた。許しておくれ、おうめ〃

光太郎は不覚にも閉じた瞼《まぶた》の中《うち》が熱くなった。

その時であった。

「泥棒」

本堂から大声が上がって、金の仏像を抱えた侍が走り出てきた。

三

蓮の花の上に、優美な姿で鎮座している如来は、古くから清善寺に伝わる御仏であった。何年かに一度、ご開帳の日が設けられていて、その日でないと誰も拝むことができない。光太郎も幼い頃、一度、父に連れられてご開帳に参じたことがあった。

「泥棒」

続いて本堂から出てきた若い僧侶が、素足のまま、男を追いかけ始めた。追いかける僧侶は小柄だったが、侍は六尺（約一八二センチメートル）近くの大男で歩幅が広く、走るのも早い。

〝あんな有り難い物を盗むとは許せん〟

光太郎は寺の裏門へと回った。子どもの頃から通わせられた菩提寺ゆえ、秋には銀杏拾いにかけつけて、勝手がわかっている。寺の表門から出た侍は、一本道を右に折れた。裏門から回れば、走り続けている盗っ人を待ち伏せることができる。光太郎は侍を挟み打ちにしようとした。

剣術だけではなく、走りにも、光太郎は自信がある。

「おい」

目論《もくろ》み通り、光太郎はぬっと侍の鼻先に現れ出た。

しかし、

「これは井澤屋さん」

若い僧侶と光太郎には面識がある。追いつき、思わず、ほっとして、立ち止まったのは若い僧侶の方だった。

「ええいっ、邪魔だ、邪魔だ」

侍は肩あて、袖つぎ、膝つぎが当たった、一目でそれとわかる浪人者だった。浪人者は、さっと、後ろを振り返ると、力任せに僧侶に体あたりをくらわした。瞬時のことであった。

僧侶はその場に倒れ、その隙《すき》に浪人者は、さっと踵《きびす》を返すと、逃げてきた道を走って戻り始めた。

逃げていたのは木置場へと向かう道で、その反対となると永代橋《えいたいばし》へ通じている。光太郎は浪人者の大きな背中を追いかけていく。

〝ここからは人が多い。これでもう、逃がさない〟

たしかに行き交う人の数が増えた。だが、とろとろと歩く、女物乞いたちの群れに出会って、危うく、見失いそうにもなった。飴売《あめう》りや居合い抜きの蝦蟇《がま》の油売りの前は、黒山の人だかりである。

浪人者はその人だかりの中へ紛れ込もうとした。

「その浪人者、泥棒だ」

光太郎は使い慣れない十手を振り上げて、大声を出した。

「金の如来像を盗んだのだ」

浪人者が立ち止まって振り返った。ぎょろりと剝いた赤い目に、天狗を思わせる大きな鼻の持ち主で、

「北町奉行所定町廻り、松本光太郎なるぞ」

光太郎が名乗ったとたん、

「ふん」

嘲笑《あざわら》った。

「今、すぐ、素直に返せば、お上にも慈悲はある」

〝是非、一度、言ってみたかった〟

すると、相手は、すぐそばにいた小さな女の子を、ひょいと左腕で持ち上げた。懐から如来像の顔が覗いている。

「返すものか」

浪人者は右手で太刀を抜いた。

近くにいた者たちがさっと後ろへ退く。

「お花」

母親と思われる年増《としま》が人混みを掻《か》き分けた。

「誰も寄るな」

浪人者は抜いた太刀の切っ先を少女の喉元《のどもと》近くに突き付けた。

「助けて」

掠れ声の母親は凍りついた。

「子どもを放せ」

光太郎は相手の前に立ちはだかった。

「道を開けろ」

光太郎が太刀に手をかけようとすると、

「つまらぬ真似はよせ」

切っ先がお花の白い喉に当たりかけた。

〝仕方がない〟

光太郎は一歩、後ろへと引いた。

「下がれ、下がれ」

言われるままにずるずると下がり続けた。二歩、三歩――。

「この子どもは人質に貰《もら》っていく」

「おっかさん、怖い」

とうとう、少女が泣き出した。

「うるさい、黙れ」

叱りつけて、浪人者が再び、走り出そうとした、まさに、その時であった。

当初、光太郎には何が起きたのか、わかりかねた。一瞬、照っていた陽が翳《かげ》ったのかと錯覚した。あるいは突然、立ち上った陽炎《かげろう》に視界を遮られたとも――。

だが違った。

光太郎と浪人者との間に、一人の侍が割って入っていた。

侍の身の丈はおよそ五尺四寸（約一六四センチメートル）、相手の鼻のあたりに髷《まげ》があった。すでに侍は浪人者の抜いた太刀の切っ先を、両手で挟み込んでいる。少女の喉は意外に大きな両手で守られていた。

「何も心配はない」

穏やかな口調で侍に話しかけられ、うんと頷《うなず》いた少女はやっと泣き止んだ。

「おのれ」

相手は何とか、太刀の柄を動かそうともがいた。しかし、太刀の切っ先はぴくりとも動かない。荒い息使いが聞こえ、大きな顔から脂汗《あぶらあせ》が流れ落ちている。

「おのれ」

さらに浪人者はもがき続け、汗で滑って太刀の柄から手が離れた。その瞬間を侍は逃さなかった。太刀は切っ先から釣り上げられるように侍の手に渡った。

「今だ」

見ていた者たちが示し合わせて、丸腰となった浪人者を取り押さえた。少女は母親に抱かれると、

「おっかさん、おっかさん、怖かった」

甘えて泣いた。

「ほい、これ」

誰かが地べたに落ちた如来像を急いで拾って、光太郎に差し出した。

「かたじけない」

使い慣れない侍言葉で礼を述べた光太郎は、太刀を釣り上げた侍が気になった。

「お怪我は？」

「いや」

すでに侍は太刀の柄を手にしている。

その侍は童顔ながら、切れ長の涼しい目がさわやかであった。

「あなたが定町廻りのお役目なら、いずれ詮議の折、この者がどのように酷《むご》く、いたいけな子どもを脅したか、説明なさらねばならない。ですから、これも必要でしょう」

光太郎は差し出された太刀を受け取った。

「そこまで奉行所のお役目にくわしいところをみると、あなたも奉行所の方ですね」

光太郎は相手の腰の辺りに目を凝らした。

藍《あい》色の縦縞模様の羽織袴《はかま》に刀をさしている。

〝定町廻りや臨時廻りならば、十手を持っているはずだが〟

十手の赤い房は探しても見当たらなかった。

「ええ、たしかに」

侍はうっすらと笑った。笑うと右頬にえくぼが出来て、童顔がさらに際立った。

〝もしや、定町でも臨時でもない、特別なお役目の方では――〟

隠密《おんみつ》廻りは臨時廻りと区別される。

「お名前をお聞かせください」

「名乗るほどの者ではありません」

「ぜひ――」

光太郎は粘った。

〝通りかかって、咄嗟《とっさ》にこれだけの動きができる者は、そう居るものではない〟

「中原龍之介《なかはらりゅうのすけ》と申します」

「して、お役目は」

光太郎にとってこれが肝心であった。

〝与力職だと外へはあまり、出向かれないと聞いている〟

二百石取りの与力は、同心などよりもよほど格高である。

〝ひょっとすると、もっと、お偉いお方かもしれぬ〟

与力の中で、最も偉い役は年番与力であった。

〝しかし、それにしては着ているものが貧しげだな〟

藍色の縦縞はよく似合ってはいるものの、所詮は木綿である。身分の高い者の外出着ではなかった。

「只今《ただいま》、北町で定中役《じょうなかやく》を仰せつかっております」

中原龍之介はさらりと答えた。

〝定中役？――〟

光太郎には聞き覚えがなかった。

〝もしかして、よほどのお役目かもしれないが〟

「それではわたしはこれで」

背を向けようとした龍之介に、

「それがしはまだ、見習いですが、明日から北町奉行所へ出仕します。同じ北町ならまた、お会いできるでしょうか」

光太郎は声をかけずにはいられなかった。

すると、相手は、

「わたしはかまいませんが」

やや困惑した笑顔で頷いた。

〝この人を師と仰ぎたい〟

光太郎の胸の中を一陣の清風が吹き抜けた。

四

その頃、堀江町のおたいの家では家の前に、嫁入り道具を積んだ大八車を待たせて、母と娘が言い争っていた。

「おたい、おまえ、どうしても、身一つで行くっていうんだね」

母のおよしは涙を浮かべている。

「大仰にしたくないのよ」

おたいは母の涙を見ないようにした。

「それでも、相手は下り酒問屋井澤屋の若旦那なんだよ」

諭すように言うと、

「光ちゃん、もう、若旦那じゃないもん。これからは北町奉行所定町廻り同心よ」

おたいは自分のことでもないのに胸を張った。

〝若旦那の方がよかったのに〟

およしは口には出さなかった。

〝でも、井澤屋の若旦那のままだったら、身代違い過ぎてとても、おたいなど、嫁にはして貰えなかったかもしれないし――〟

およしは草双紙好きの娘と気の合う光太郎を、人は悪くないが変わり者だと見なしている。

〝相手に多くを望むと罰が当たる〟

「同心というのは、よほどの才覚でもない限り、皆さん、台所事情は苦しいと聞いてるよ。だから、これくらい、せめても――」

およしは大八車の荷物に目をやった。鍋、釜などの所帯道具の他に、京から取り寄せて、毎年、飾り続けた雛《ひな》道具や、名前のある茶道具なども載っている。

「同心の家ってそんな広くないって、光ちゃん言ってた。だから、たいそうなお道具の置き場所がなくて困る。それに、家からいろいろなくなっちまったら、おっかさん、寂しくなるよ」

おたいは雛道具の入っている、大きな木箱をちらちらと見た。

〝小さい頃、友達が家に見に来て羨《うらや》ましがってた、あの雛人形、おっかさん、無理して買ったんだろうな〟

「なに言うの」

どっと涙がこぼれ落ちてきたおよしは、怒った口調でうつむいて、

〝何より、おまえがいなくなっちまうんだもの、雛人形なんて、あっても無くても同じよ〟

喉まで出かかった言葉を呑み込んだ。

「雛道具や茶道具は嫁入りにはなくてはならないものだからね。持って行かないと先様に笑われますよ」

問答無用とばかりに、およしは顔を上げ、きっぱりと言い切った。

〝まあ、仕方ないか——〟

手強《てごわ》いと悟っておたいは諦めた。

「そういえば物置があるって聞いたし」

「そうでしょ。同心の役宅は結構敷地が広くて、貸し家を建てて、たいていは店賃《たなちん》（家賃）を取ってるものなのよ。あんたたちも、そのうち、子どもでも出来たら、そうでもしないと」

〝さすが、おっかさんは現実的だな〟

おたいは感心して、年齢に似ず、まだ柳腰のまま、すらりと姿のいいおよしを見つめた。

〝残念だけど、おっかさんはあたしより、女っぷりがいい。あたしがおっかさんほどじゃないのは、おとっつぁんのせいだろうな〟

とはいえ、おたいの記憶に父の顔はなかった。

「なに、じろじろ見てるの？」

「おっかさん、どうして、こんな店、やってるのかと思って――」

「それ、どういうこと？」

およしは眉を寄せた。

「おっかさんなら、もっと、似合いそうな仕事あるんじゃないかな。例えばお茶屋や、小料理屋の女将《おかみ》さん」

「草双紙が好きだったからね」

「あれ？　おっかさんが？」

およしが商っているのは草双紙である。商売熱心なおよしは、人気のある草双紙の仕入れに励んではいたが、手伝っているおたいのように、うっかり、先を読み進んでしまうようなことはなかった。

「おっかさん、そんなに好きだったっけ？」

おたいの追及に、およしは聞こえないふりで、

「よろしくお願いしますよ」

大八車を押して、八丁堀まで運んでくれる、近所の若い衆に心づけを渡した。

大八車を見送ったおよしは、

「さて、お茶にでもしようか。後は光太郎さんが迎えに来るんだろうから、それまでの間だけど」

およしは茶を淹れ、おたいの好物の八百八《やおはち》の黒稲荷を皿に盛りつけた。黒砂糖で油揚げを煮含めてある黒稲荷は、甘さにこくがあって、小腹の空いた時には何よりだった。

〝これをこうして、おっかさんと二人で、食べることも、もう、ないんだわ〟

今度はおたいの方が涙ぐんだ。

箸《はし》の進まぬ様子に、

「どうしたの？　好きでしょう？」

およしが案じた。

「ちょっと、目にごみが」

おたいは箸を置いて立ち上がった。

その時、

「ごめんくださいまし。よし林さんいらっしゃいますか」

やや高い男の声が店先から聞こえてきた。

「おかしいわねえ、今日は店を開けてないんだけど」

およしが訝《いぶか》しんだ。

「いいわ、あたしが出るから」

おたいは店の板戸を開けた。

「お邪魔いたします」

「あら、孝二郎さん」

光太郎の弟、孝二郎とは何度か会って、見知っている。

〝今日から、この人とも身内になるんだわ〟

そう思うと、感慨深かった。

「父の使いで参りました」

「井澤屋さんのお使いですって？」

およしがおたいの後ろに立った。

「何のご用でございましょう？」

およしは緊張の面持《おもも》ちで、眉と目がやや吊り上がって見える。

「おたいさんと兄のことで――」

「二人のこと？」

およしは知らずと孝二郎を睨《にら》みつけていた。美人なだけに、怒りを含んだ顔には凄《すご》みがあった。

「まさか、井澤屋さんは二人を――」

お許しにならないのではないかと、続けかけておよしは絶句した。口に出すと、その通りになってしまいそうで怖かったからである。

「父は兄が所帯を持つのであれば、今宵、新居にて、祝言を挙げて、三三九度の夫婦盃を取り交わすようにと申しております。急なことなので、身内だけのものになりますが、是非、これだけは済ませなければならないと。わたしはそれをお伝えにまいりました」

「まあ」

およしの顔がぱっと輝いた。

「おたい、聞きましたね」

「ええ」

おたいは渋々頷いた。

〝ということは、光ちゃんのあの怖い、おとっつぁんも、うちのおっかさんも、孝二郎さんまで、新居に来て、今日の夜は、さんざん堅苦しいことが続くんだわ〟

「有り難いことです」

およしは立っている孝二郎を前に板敷きに両手をついた。

「親として娘の花嫁姿が見られる。こんなうれしいことはございません」

〝そうだった。あたし、おっかさんが用意してくれてた白無垢を着ることにもなるんだ〟

おたいは堅苦しいのは気が重かったが、実は白無垢だけは着てみたかった。

「そうと決まれば、これから支度をしなければなりません。井澤屋の旦那様にくれぐれもよろしく、お伝えくださいまし」

およしはさらに深く頭を垂れて、帰って行く孝二郎を見送った。

「よかった、よかった」

およしはおたいの背中を叩いて喜んだ。

「旦那様も認めてくれたんだ。これで、おまえ、晴れて、井澤屋のお内儀だよ」

〝違うってば。光ちゃんはもう、若旦那じゃないんだから。次に旦那に収まるのは今の孝二郎さんなのよ〟

おたいは心の中で母を諭したが、言葉にはしなかった。

急いで、髪結いや化粧師《けわいし》が呼ばれて、花嫁の支度が調えられた。

綿帽子を被って仕上がった娘の晴れ姿に、

「綺麗よ、おたい」

およしはまた、ぽろぽろと涙をこぼした。

「この姿、おとっつぁんにも見せてあげたい」

おたいはぽつりと呟いた。

「おっかさんもそう思わない？」

「そ、そうね」

およしはあわてた。

〝今だわ〟

おたいは心を決めた。

〝今まで、おっかさんに、訊《き》こう、訊こうと思って、訊けなかったこと、ここで訊いておかなくては――〟

五

「あのね、おっかさん」

おたいは急に改まった。

「なあに？」

およしはやっと、涙を拭ったものの、娘の晴れ姿に目を細めている。

「こんな日が来るなんてねえ――」

「いつか訊きたいと思ってたことなんだけど――」

「だから、何よ」

「あたしのおとっつぁんって、どんな人なの？」

「おとっつぁんのことなら、前に話したでしょ。あんたがお腹にいる時、上方《かみがた》へ商いに出て死んじまったって」

「死んでるのに仏壇の一つもないのはおかしいよ」

おたいの言葉におよしは絶句した。

「時々、家に来てたおじさんは誰だったの？」

おたいの記憶では、十日に一度ぐらいのわりで、およしと似合いではあったが、見知らぬ男が家を訪れていた。

「そんな人、来てませんよ」

およしはまた、あわてた。

「来てたわよ。あたし、三つか、四つぐらいだったから、ちゃんと覚えてる。そのおじさん、あたしが手鞠《てまり》を突いてるのをじっと見てたわ。優しい目だった。あれ、おとっつぁんでしょ。村松町からここへ引っ越してからは、一度も訪ねてくれてないけど、おとっつぁん、死んでなんていないんでしょ」

おたいは畳みかけた。

「たしかに、村松町の家に通ってきてくれていたのはおとっつぁんよ」

覚悟を決めたおよしは、おたいの顔から目を逸らした。

「わかってる、おっかさん。おっかさんとおとっつぁんは夫婦じゃなかったんだってこと――」

「駄目」

およしは険しい顔をおたいに向けた。

「誰にも言っちゃいけない。今から、あんたは井澤屋の若旦那の嫁になろうってんだから。妾の子だったなんて先様にわかったら、どんな横やりが入るかわからない」

「言わないから、せめて、おとっつぁんがどんな人だったか話して」

「芸者だったあたしは、紙問屋の松野屋の婿養子だったおとっつぁんに落籍《ひか》されて、あんたを産んだんだよ。それから、何年かして、おとっつぁんは旅先で急な病で命を落とした。旦那がいなくなっちまったら、お妾なんて惨めなもので、すぐに縁を切られて、家から出て行くようにと言われたから、ここへ引っ越して、今の商いを始めたの。おとっつぁんは生きている頃、草双紙の類《たぐい》はもちろん、学問の書物も好きな人だったし、もしもの時にと、多少の貯えを分けてくれていて、〝草双紙を売るだけの草双紙屋なら、女手で商える堅気の仕事だ、おたいも後ろ指を指されずにすむ〟って、始終言ってた。それで、辛い時にはおとっつぁんの言葉を思い出して、懸命にやってきたんだよ」

「何だ、おっかさん、おとっつぁんのこと、好きだったんじゃない」

おたいは今まで、心にわだかまっていた霧が晴れて、むしょうにうれしくなった。

「そりゃあそうだよ、だから、余計、本宅のお内儀《かみ》さんに憎まれた――」

「いい話、聞けた。よかった。おっかさん、ありがとう」

おたいはにっこり笑った。

「だけど、この話は――」

「わかってる、誰にも言わない。でも、あたしも何かですごく辛い時、おっかさんたちの話、思い出して励みにすると思う」

およしは黙って頷くと、

「さあさ、わたしも支度をしなくては」

襷《たすき》を外した。

おたいを迎えに来た光太郎がよし林の店先に立ったのは、それから、半刻（約一時間）ほど後のことであった。

「おたいさんは？」

光太郎はおよしが礼装の黒留め袖を着ているのを見て、訝しげに訊いた。二人で決めた段取りでは、いつもの様子の光太郎が普段着のおたいを連れて、八丁堀へ向かうだけのはずであった。ぶらぶらと好きに歩いて、妙珠稲荷に立ち寄って賽銭《さいせん》をあげ、手を合わせるだけのつもりでいた。

「まあ、見てやってくださいよ」

およしは自分のことのようにそわそわした様子で、光太郎を客間に案内した。

白無垢姿のおたいを一目見た光太郎は、

〝これがあのおたいか〟

どぎまぎした。

「びっくりしたでしょ」

聞き慣れたおたいの声に、

「よかった、本当におたいだ」

光太郎はほっと胸を撫で下ろした。

「井澤屋の旦那様が祝言を挙げてくださるそうで」

およしはひたすら恐縮している。

〝祝言というのは、こういうものだったとは――〟

「若旦那様も帰られて、お支度をなさらないと、夕刻までに間に合いません。若旦那様が一足早く、新居で待っていてくださらないと、花嫁のおたいが駕籠《かご》で伺っても、家に入ることができませんから」

すぐ追い返される羽目に陥った光太郎は、仏像泥棒の浪人者をつかまえた武勇伝を、おたいに話せなかったのが残念でならなかった。

井澤屋へ戻ると、首を長くして待っていた孝二郎に、

「兄さん、ずいぶん長い墓参りでしたね。とにかく、早く、早く」

急《せ》かされて、用意してあった花婿の礼装、五ツ紋入りの紋付き、袴に着替えさせられた。

こうして、光太郎とおたいの婚礼はつつがなく行われた。幸右衛門は感慨深げに、

「末永く」

と一言洩らしただけで、あとは何も語らなかった。孝二郎とおよしもこれに倣《なら》った。

「幸せに」

「お幸せに」

孝二郎の手配で、八百八から祝いの膳が運ばれてきた。幸右衛門はほとんど手を付けず、およしの酌で酒を二合ほど飲んだ。もちろん、孝二郎も同様であった。

「せっかくのお料理、お持ち帰りいただかないと」

およしが気を利かせて、残った膳のものを折りに詰めようとすると、

「そのままに。どうか、持って帰らないで」

花嫁が訴えるような声を上げた。

「食べるものがなくなってしまうわ、おっかさん」

「だって――」

およしは唖然として、おたいの膳の上に目を据えた。鯛の姿焼きだけはそのままあったが、皿小鉢の上には、ほとんど何も残っていなかった。

宴が始まってからというもの、およしは、いつもと変わらぬおたいの健啖ぶりを目の当たりにして、顔から火が出るような思いでいたのである。

〝始終、目配せやしかめ面をして見せたのに、あの子ったらわからないんだから。花婿はまだしも、花嫁は膳に箸など付けないものだと、前もって諭しておくのだった〟

「今はたしかに御馳走でお腹いっぱいだけど、明日の朝にはお腹が空くもの」

おたいは悪びれる様子もなかった。

「俺は固くなった赤飯が苦手だ。明日の朝だけ、孝二郎に握り飯と沢庵でも運ばせればいい」

光太郎は孝二郎に向けて顎《あご》をしゃくった。

「兄さんの言い付けなら、喜んで」

言葉とはうらはらに、孝二郎は不安そうに、おたいと幸右衛門の顔を交互に見た。

「駄目よ、そんなの」

おたいはぴしりと押さえた。

「あたしたちは夫婦で、ここがあたしたちの家なんですもの、今後、井澤屋さんにあれこれしていただくのは、筋違いだわ」

「たかが朝飯じゃないか」

光太郎は苦い顔になりかけたが、

「それが肝心なのよ」

おたいは退かなかった。

〝早速、夫婦喧嘩か――〟

孝二郎はやれやれと思い、

〝たしかにおたいの言う通りだけれど〟

およしは幸右衛門の表情を伺った。

「悪くない心がけだ」

幸右衛門はおたいを見据えた。

「だが、祝い膳を持ち帰るは世の常でもある。孝二郎の膳は残すが、わたしの分は持ち帰る」

これを聞いたおよしは、すぐに幸右衛門の膳のものを折りに詰めた後、

〝あたしのも残していくからね〟

おたいに目配せした。

これは通じたらしく、おたいの目が頷いた。

〝ありがとう、おっかさん〟

夜更けて、孝二郎、およしと一緒に新居の木戸門を後にした幸右衛門は、

「悪くない祝言でしたな」

穏やかな口調でおよしに話しかけた。

幸右衛門は嫁のおたいが気に染まず、機嫌が悪いのだとばかり思いこんでいたおよしが、

「ふつつかな娘で――」

小腰を屈《かが》め、目を伏せると、

「そうでもありません。光太郎の方が不出来では上ですよ」

意外な明るさで幸右衛門は笑った。

六

親たちを見送った二人は座敷で向かい合った。およしが手伝って、衣装替えをすませたおたいはいつもの普段着である。光太郎の方も小袖の着流し姿になった。

〝廻り方の巻羽織もいいが、どう見られるのかと、妙に気を使って疲れる〟

同心の家は手狭である。座敷の隣りが夫婦の寝間であった。

〝そろそろだろうか〟

もちろん、光太郎には初夜への期待がある。

〝夫婦となった以上、避けられない成り行きなんだろうけど〟

おたいは伏せた目で横目使いに寝間の襖絵《ふすまえ》を見た。襖に限らず、障子や畳も、元の主松本弥一郎が引っ越して行った後、幸右衛門が新しくしたものであった。

「あら、あの鯉の顔」

襖絵は鯉の絵柄であった。

「光ちゃんのおとっつぁんにそっくりよ。むっとしてて怖いんだけど、びしっと気合いが入ってて――」

おたいはくすっと笑った。

「おやじか――」

そこで光太郎は、さっきの祝い膳の話を思いだして、例の期待がやや萎《しぼ》み気味になった。

〝明日の朝は固い赤飯か〟

するとおたいは、

「そうそう」

光太郎の気持ちを見透かしたかのように、

「着替えの後、お赤飯、上にかかってた胡麻塩をよく混ぜて、おっかさんと握っといたの。お赤飯ってね、そのまま置いとくと、固いだけだけど、胡麻塩味で握っておけば、結構美味《おい》しく食べられるもんなのよ。残り物だって不味《まず》いとは限らない」

「ふーん、そうなのか」

おたいは食べ物にはうるさい方なので、言うことは信用がおけた。

〝光ちゃんは若旦那だから、残り物を食べさせられた経験がないんだわ〟

「聞いたら、腹、減ってきた」

おたいは祝い膳をほとんど平らげたが、緊張していた光太郎は、半分ほど箸をつけただけであった。

「食べてみる？」

おたいは厨《くりや》へ行って、重箱に詰めた赤飯の握り飯を運んできた。

ぱくりとほおばった光太郎は、やっと、くつろいだ気分になって、

「実はね——」

話したくてならなかった昼間の出来事を話し始めた。中原龍之介なる定中役が盗っ人の邪剣を、目にも止まらぬ速さで、しかも素手で封じた件《くだり》になると、

「うわぁ、信じられない。ほんと？」

おたいは目を輝かせた。

「それに光ちゃん、早速のお手柄じゃないの」

「手柄をたてたのは、中原殿の方だよ。俺はその場に居ただけで——」

「そんなことない。光ちゃんが追いかけて、町中へ追い詰めなきゃ、中原さんって人とだって、盗っ人も出会わなかったわけなんだから」

「そういわれりゃ、そうだけど」

「ようは、光ちゃんと中原さんとで手柄をたてたってことよ」

「まあ、そういうことか」

「よかったね、光ちゃん」

「うん」

二人は見つめ合い、どちらからともなく、寄り添った。この夜、二人は互いの異なる匂いを甘いと感じつつ、幸せに眠った。

翌朝、光太郎は目が覚めるとすぐに亀島町《かめじまちょう》の銭湯へ走った。帰るとおたいが待ち受けていた。赤飯の握り飯を食べさせてくれた後、髪結いを待った。同心ともなると、毎朝、髪結いが訪れて、粋な八丁堀風に髷を結ってくれるのである。月代《さかやき》はいつも青々と剃り上げていなければならない。この役目はおたいがかって出た。

巻羽織姿で紺足袋《こんたび》に雪駄をはき、両刀をさして出て行こうとすると、

「光ちゃん」

言いかけて、

「旦那様、財布と懐紙」

おたいが差し出した。

懐に大事な十手を入れるのは忘れなかったが、財布等はうっかりしていたのである。

「うん」

大仰に頷いて受け取ると、光太郎は役宅の門戸を開けて歩き始めた。奉行所の出勤時間は五ツ（午前八時頃）であった。

北町奉行所は呉服橋内にある。表門は番所櫓《やぐら》のついた黒渋塗りで、下見板張りの長屋門であった。国持ち大名以外に町奉行所がこれを築くことを許されるのは、お上の威光の象徴ゆえである。

ここを入ると、突き当たりに玄関の式台が見える。式台までは五、六尺（約一五〇〜一八〇センチメートル）幅の青板の敷石があって、那智黒《なちぐろ》の砂利石が敷き詰められている。左には清められた天水桶が山形に列《なら》んでいる。

この桶は毎朝、銀砂で磨き続けられてきたもので、料理茶屋の入口などに飾られる、なまじの飾桶よりも清々しかった。

〝昨日までは目に入らなかったが――〟

厳粛な印象に思わず、光太郎の背筋がまた、さらに伸びた。光太郎は改めて屋根を見上げた。大きな甍《いらか》をのせた屋根が人の心を圧するように、高々と聳《そび》えている。その上、柱も羽目もすべて総檜《そうひのき》で、そこはかとない気品が感じられる。

〝俺が同心になったのは間違っていなかった。ここで俺は正しいことをする。悪人に、踏みつけにされている人たちを助けるのが使命なのだ〟

光太郎は固く誓った。

「おはようございます。松本光太郎でございます」

当番所の者が顔を出した。昨日、挨拶した若い与力の一人であった。光太郎より年下と思われるが、二百石の与力と三十俵二人扶持の同心の間では、身分の溝は深い。

「よろしくお願い申し上げます」

与力は何も言葉をかけず、めんどうくさそうに、ただ、ふんと鼻で頷いた。

御出座御帳掛同心、宇野又左衛門《うのまたざえもん》のところへ立ち寄った。

「お時間のある時には、いつでもお寄りください」

宇野又左衛門は、光太郎とは手習い所以来の友であった。昔から机に齧り付いて手習いばかりしていたせいか、男の癖に色白で、気弱そうな目をしている。

〝廻り方が暇でなどあるわけないのに〟

暇を持て余しているのは、宇野又左衛門の方だと光太郎は気の毒になった。

「そのうち、また」

廊下に出たところで、定町廻り同心たちが、詰め所を出ようとしているところに出くわした。

「わたしも参ります」

ついて出ようとする光太郎に、

「勘違いもたいがいにしろ」

早速、定町廻り同心菊池《きくち》基次郎《もとじろう》が、顔を梅干しのように顰《しか》めて叱った。

「おまえはまだ見習いのはずだ。見習いといえば、まずは白州同心。当分は咎人《とがにん》を白州に引き出す役目だ。われらのように、市中を廻るのはまだまだ先だ。それと、おまえは来るのが遅い。見習いは見習いらしく、我らより早く来て、茶など淹れるのが習いであろう」

辣韮《らっきょう》頭《あたま》でがりがりに痩《や》せた菊池基次郎は、年の頃は三十代半ば、世辞にも男前とは言い難かったが、女幅に狭く仕立ててある着流しの裾を割って、颯爽《さっそう》と歩く姿は、まさに勇姿であった。

〝早く、あのようになりたいものだ〟

深く頭を垂れた光太郎は、菊池基次郎たちを羨望の眼差しで見送った。

「松本殿か」

声をかけてくれたのは、吟味方筆頭同心の永井《ながい》義《ぎ》兵衛《へえ》であった。

「これは永井様」

光太郎は、役所勤めは首が疲れるものだと思いつつ、やはり、また辞儀をした。

「慣れるには時がかかろう」

若禿《わかはげ》の永井は知らずと、髷に手をやる癖があった。四十歳に手が届く年齢ながら、髷が薄くなり始めたのは昨日、今日のことではなかった。

「いや、一刻も早くお役に立ちたいものだと――」

「あまり、気張らずともよろしい」

「でも、長い間、憧れていて、やっとなれたお役目ですので――」

「慣れぬところで焦って、慣れぬことをすると、とかく、よい結果は生まぬものだ。それをそなたの父親の幸右衛門も案じていた」

「父は父、わたしはわたしです」

光太郎は力んだ。

〝おとっつぁんはいつだって、余計な心配ばかりしている〟

「いやはや、お若いことだ」

永井は呆れたように笑って、

「ともあれ、丹羽《にわ》様に今一度、ご挨拶を」

吟味方与力丹羽作之助《さくのすけ》の部屋へと伴われた。

七

菊池基次郎の顔が辣韮形なら、丹羽作之助のそれは大きな塩むすびであった。鰓《えら》が人並み外れて張っている。

「永井義兵衛にございます」

永井は吟味方の詰め所の前で、障子に向かって恭しく辞儀をした。

「井澤屋の倅《せがれ》が挨拶に参りました」

〝昨日と同じじゃないか〟

昨日、挨拶に訪れた時も、永井はここで、同じ物言いをした。

「入れ」

丹羽の野太い声が聞こえた。

「有り難きお言葉――」

永井だけが部屋に入り、さらにまた頭を下げた。光太郎は廊下に控えている。

〝これまで同じだ〟

昨日は初めてだったので、光太郎も心から有り難いと感じたが、

〝これが毎日続くのだろうか?〟

多少、不安になった。

〝まさか。そんな形ばかりのことで明け暮れるはずはない。町奉行所がお大名と同じ門構えを許されているのは、お上の名のもとに、悪を取り締まり、世を清らかに保つお役目ゆえなのだから〟

そう自分に言いきかせて、光太郎はひれ伏した。

「松本光太郎にございます」

「頭を上げ」

「はい」

「して?」

丹羽は光太郎の手のあたりをじろじろと見た。

「何か、用か?」

「いえ、それは——」

光太郎は永井の方を見た。永井に勧められて挨拶をしているだけである。

「丹羽様、今、少しいたしますと、新茶の時季でございますね」

目を伏せた永井は、光太郎に応えてくれなかった。

「そうだな」

「丹羽様は極上の新茶がお好みでいらっしゃいます」

これは光太郎に向かって言った。

さすがに光太郎もぴんと来て、

〝挨拶しろということは、付け届けの催促だったのか――〟

「新茶には虎文堂の羊羹《ようかん》がよく合うぞ」

丹羽は茶菓子の話をした。

「丹羽様はあれも、たいそうお好きでいらっしゃいましたね」

〝茶菓子まで――〟

光太郎は呆れた。

「松本、もう、よい」

永井の苛ついた声が光太郎の頭上に響いた。

〝どうなっているのか〟

不安が募ってきた光太郎は、幼馴染みで、御出座御帳掛同心である宇野又左衛門の居る部屋を訪ねた。

「やはり、来ましたね」

御出座御帳掛同心とは、評定所へ老中が出座する日、奉行所から提出する事件名簿を作成する係であった。部屋にいたのは宇野一人である。

「まあ、お茶でも」

手を止めて、茶の支度をしようとした宇野に、

「茶はもう沢山だ」

光太郎は右手を左右に振った。

「丹羽様に挨拶しろと言われて――」

先程のことを話すと、

「なるほどねえ」

宇野は少しも驚いていなかった。

「光太郎さんはお大尽の息子だから、仕方ありません」

「おやじに同心株を買って貰って同心になったとはいえ、これからはおやじとは関係ない。定町廻りの松本光太郎だ。筋の通ったお役目なら、どんな艱難《かんなん》辛苦も厭《いと》わないつもりでいる」

「光太郎さんのまっすぐなお気持ちはわかります。手習い所で虐《いじ》められていたわたしを、光太郎さんは身を以て助けてくれましたから。けれど、奉行所は光太郎さんが思

っているような、清廉潔白なところではないのです。むずかしい世界です」

「どうむずかしいのか？」

「まず、望み通りのお役目につくことが、なかなかできません」

ため息をついた宇野に、

「又左は今のお役目を望んでいないのだな」

光太郎は胸中を察した。

「奉行所の同心になった以上、誰でも廻り方を勤めたいものです」

宇野は唇を噛んだ。

「ところがうちは代々、物書同心と言われるお役目です。父は詮議の一部始終を記す、用部屋手付の筆頭同心で終わりました。ですから、いくらわたしが望んでも、字が上手いと褒められることはあれど、廻り方に取り立てられる機会など、滅多にあるものではないのです。廻り方も代々、引き継がれることが多いですからね。まあ、廻り方の同心株でも買えれば別なのでしょうが——」

宇野はちらっとではあったが、恨みのこもった目を光太郎に向けて、あわてて、

「光太郎さんは別です。剣術にも励まれていたし、正義感も強い。光太郎さんが定町廻りになるのは当然です」

光太郎は市中見廻りについていくと志願した際、菊池基次郎に叱りつけられた話をした。

「菊池殿らしい――」

宇野は小さく吐息を洩らした。

「あの方の家は、長きにわたって、火事の際に雑務を行う引纏役《ひきまといやく》でした。ですから、今のお役目は大抜擢《だいばってき》で、それゆえ、目下の者にはとりわけ、厳しいお人柄なのです。そんな菊池殿でも、上の方々には頭が上がらぬはずですよ」

「上の方々というと、たとえば丹羽様のことか？」

「ええ」

「あの菊池殿も丹羽様に、付け届けをなさっておいでなのか？」

「もちろん。永井殿は筆頭ながら、丹羽様の腰巾着《こしぎんちゃく》。それで、菊池殿は、永井殿にまで、かなり手厚くなさっていると聞いています」

「年番与力や御奉行には？」

江戸の南北両奉行所では表向き、奉行が最高権力者であるが、幕府の意向で代わる奉行とは異なり、その一生を奉行所務めで終える与力が実のところ、奉行所内の人事権を含むすべてを仕切っていた。その長が年番与力である。

「言うまでもありません。ただし、年番与力や御奉行となると、それなりの品を献じないと形がつかないので、さぞや、ご苦労のことでしょう。とはいえ、付け届けを絶やさぬことが、この世界を生き抜く秘訣なのです」

「信じられない」

光太郎はがーんと一発、頭を殴られたような気がした。不快感というにはあまりにも衝撃的すぎる。

「わたしの望みが叶わぬのは、付け届けのせいなのです。妹たちが嫁いだ後、母が病気がちで薬代もかかり、嫁も貰えぬような有様なので、とても、付け届けの余裕などないのです。それでも、諦めきれず、折あれば、廻り方へ替えてほしいと、嘆願書を出し続けてはいるのです」

宇野は自嘲的な笑いを洩らした。

「ですから、正直に申しますと、光太郎さんが奉行所に勤められて、一緒に働けるのはうれしかったのですが、定町廻りのお役目と聞いて、妬ましく思ったのも事実です。けれど、今、こうして、お話を聞いていて、光太郎さんも前途多難だとわかりました。思えば、ここは伏魔殿、一筋縄ではいかぬところです。光太郎さんのように志が高ければなおさら生きにくい。わたしに出来ることがあったら、何とかお助けしなければと思っています。まずは、菊池殿に気に入られるようになさらなければ――。そうしなければ、光太郎さんは、見習いのまま、市中見廻りもさせてもらえず、ずっと、除《の》け者《もの》にされ続けるのです」

〝このまま、毎日、ここにいることになるというのか〟

光太郎は愕然とした。

「菊池殿に付け届けをせよというのだな」

「光太郎さんのお父上はすでに、されておられることでしょうが――」

「そうなのか」

光太郎は幸右衛門から、その手の話を聞いたことがなかった。

「常から、廻り方は商人からの付け届けでやりくりしているのです。ですから、こんな時、お父上がなさらないはずがありません」

宇野は光太郎の様子に呆れた。

「おとっつぁんとは別に俺からも取ろうというのか」

「父は父、子は子の礼節ということで、筋を通しているつもりなのでしょうが、ようは欲深なのです」

「それではよほど、金に困って盗みを働く者の方がましではないか」

腹に据えかねた光太郎が声を荒らげた。

「しっ、お声が高すぎます」

宇野が青ざめた。

「それと、奉行所にだって、見習いたくなる御仁《ごじん》はいるのだぞ。そのお方は正真正銘、高い志でお役目を全うされていた。何しろ、昼日中、人質を取って逃げおおせようとした盗っ人の浪人者から、いたいけな子どもを守り通したのだから――」

すると、宇野は、

「昨日、永代橋際で盗っ人の浪人者を捕らえたと聞きました。あの捕り物に光太郎さんも関わっていたんですね」

驚いて目を瞠《みは》った。

第二章　お医者同心　中原龍之介

一

「ただし、俺は追いかけただけで、目にも止まらぬ肝《きも》の据わった動きで、手練《てだ》れの浪人者の刀を封じたのは、定中役の中原龍之介殿だった」

「わたしは菊池殿お一人のお手柄のように聞いています」

「そんな馬鹿な――」

〝人の手柄まで付け届けで横取りできるというのか〟

光太郎はまさかと思いたかった。

「中原殿は――」

宇野の声音はさらに低まった。

「そうだ。中原殿にまだ、ご挨拶していない。心から挨拶したいと思っていたのは中原殿だった」

光太郎が立ち上がろうとすると、

「それは止めておかれた方が――」

宇野は首を横に振った。

「あの方に何かあるのか？」

「中原殿は定中役筆頭ではあられます。ただし、お一人だけしかおられません」

「一人で足りるお役目なのか？」

〝もしかすると、御奉行直属の密偵なのではないだろうか――〟

あの中原殿なら、さもありなんと思われる。

「ところで、定中役同心のお役目をご存じですか？」

宇野が訊いた。

「いや」

「定中役ほど味けない閑職はありません」

「閑職だったのか」

光太郎は意外だった。

「将軍様の御成先までの道筋を調べ、当日見廻ったり、罪人の入牢・処罰に立ち会ったり、そうそう、三座（中村座・市村座・守田座）の芝居衣装の見分とか、いわば、何でも屋で、口の悪い連中は厠《かわや》同心とも呼んでいるほどです。定中役の詰め所は陽のささない北側で、縁側からは厠が見えるからですよ」

〝知らなかった〟

またしても、光太郎は脳天に一撃食らったかのようだった。

「せっかく定町廻りのお役になられたのです。今、ここで中原殿と親しくなどなったら、何をどう、そしられるかわかりません。光太郎さんのためにならないのです」

宇野は小声で囁《ささや》くように続けた。

「しかし――」

出仕したら、また、話をしたいと中原に言ったことを思い出して後ろめたかった。

「それに、今日は、あの方は下馬廻《げばまわ》りをされておられるはずです。今、奉行所にはおられませんよ」

宇野はほっとした表情になった。

下馬廻り同心は大名たちの登城の際、大手、桜田両下馬所へ出仕して、供廻りたちの不法の所業も含め混雑を見張る役目であった。

「定中役にまで声がかかることは滅多にありません。定中役を自分たち外役の仲間だと見なしていないからです。中原殿が下馬所に出仕しているのは、下馬廻りが一人、二人、急な病に倒れたゆえだと聞きました。また、出仕についても、役宅から下馬所へ直行するように仕向けて、決して、自分たちとは共に行動しないのだそうです」

「何の理由があって、それほど見下すのか？」

「定中役だからですよ。設けられないこともあるお役目で、〝猫の手同心〟などと、言う人たちもいます。ただ、それだけのことです。とはいうものの、中原殿も元は──」

言いかけた宇野は言葉を止めて、

「これ以上は止めておきます。何だか、ますます、あなたの気を滅入らせそうですから」

こほん、こほんと咳で誤魔化した。

昼になると、毎日、弁当を遣わずに済ませているという宇野のために、光太郎はおたいの握った赤飯を分けてやった。

「何かお目出度いことでも？」

訊いてきた宇野に、昨日、祝言だったたと話すと、

「羨ましいですよ。わたしの家のような暮らしぶりではとても──」

ため息が返ってきた。

昼時、たまたま、吟味方与力の丹羽の部屋の前を通りかかると、

「何だ、今日はこんにゃくと牛蒡《ごぼう》の煮付けだけか」

野太い丹羽の声に応えて、

「蜆《しじみ》の和《あ》え物と鰆《さわら》の浜焼きもございます」

永井の媚《こ》びる声が聞こえた。

「それに御酒も少々」

「そちの妻女は気がきくのう」

聞いた光太郎は、

〝こんな毎日が続くのか〟

失望の余り、すーっと胸の裡《うち》が寒くなるのを感じた。

この後、奉行所が退ける七ツ（午後四時頃）まで、光太郎は誰もいない定廻りの詰め所と、宇野の居る部屋を行き来して過ごした。

奉行所を出ると、うっすらと紫色の靄《もや》のかかった春の夕暮れに包み込まれた。光太郎は思わずほっと心が和んだ。寒くなった胸が温かくなった。空を見上げると、靄のような雲の向こうにおたいの笑顔が見えるような気がした。

〝きっと、いいことだってあるはずだ〟

その証拠に、奉行所の長屋門は厳めしく、屋根は荘厳、天水桶は清浄そのもので、少しも変わっていなかったではないかと、自分に言い聞かせずにはいられなかった。

これより少し前、外から帰ってきたおたいは、いそいそと夕餉《ゆうげ》の支度を始めていた。竈《へっつい》で飯を炊き、汁を作った。菜は煮売り屋で買ったきんぴらごぼうと煮豆である。

〝今晩の菜は煮売り屋ので我慢してもらう。今日はあたし、菜を拵《こしら》えるより、ずっと光ちゃんのためになることしたんだもの〟

米を洗うおたいは鼻歌混じりであった。

昼間、おたいが足を運んだのは、村松町に住む瓦版屋六助《かわらばんやろくすけ》のところであった。六助とは幼馴染みである。

「六ちゃん、お願い」

おたいは手を合わせた。

「あたし、昨日、祝言挙げたのよ。相手は定町廻り。祝いだと思って、うちの人のこと、瓦版に書いてくれない?」

おたいは盗っ人浪人が捕らえられた顛末《てんまつ》を話して聞かせた。

「面白そうだな」

思った通り、六助は乗ってきた。

「本当?」

「ああ、たしかにいいネタになる」

六助の眠たそうだった目が開いた。

「よかった」

おたいは飛び上がって喜んだ。

飯は炊きあがったものの、舌の上に米粒を載せて、そっと歯で嚙んでみると、少々、芯が残っていた。がっかりはしたものの、

〝明日は旬のアサリで、光ちゃんの好きな深川飯を作ろう。深川飯、どうやって作ってたかな、おっかさん〟

深川飯はアサリとネギを味噌で煮て、どんぶり飯にかけて食べる。庶民の懐に優しい逸品であった。おたいの母およしの十八番《おはこ》でもあり、それまで、食べたことのなかった光太郎は、初めてこれを口にした時、こんな美味いものは初めてだと唸った。

飯をお櫃《ひつ》に移し、皿に菜を盛りつけたところで、光太郎が帰ってきた。

〝武家の妻らしい作法で迎えなければ〟

玄関へ駆けつけたおたいは、用意してあった手拭いと足桶を手にして、

「旦那様、お帰りなさいませ」

足袋を脱がせて、足桶の水に浸した手拭いで光太郎の素足を拭いた。

〃外に出るお役目だというのに、あまり汚れていないのね〃

ふと不思議に思ったものの、

「お役目、ご苦労様です」

用意しておいた言葉を神妙に口にした。

すると、光太郎は、

「おたい――」

我慢しきれず、ついに吹きだした。

「いい加減にしてくれ。面白くないこともなかったので、黙って聞いていたが、これ以上は、堅苦しいだけだ。いつものおまえに戻ってほしい」

「だって、あたし、光ちゃんのいい女房じゃない、新造になろうと思って、それで――」

「うれしいけど、無理はいけないよ」

この後、膳を挟んで二人は向かい合った。

「夫婦になって初めての夕餉ね」

おたいが飯茶碗を渡すと、

「そうだな」

光太郎は箸を取り上げた。

「お役目の方、どうなの？」

「まあ、最初の日だから――」

もとより、宇野から聞いた話をおたいに聞かせる気はなかった。案じさせたくない。

「お仲間は？」

「皆、よい人たちだ」

光太郎は丹羽と永井の人となりには触れず、蜆の和え物と鰆の浜焼きの話をした。

「まあ、そんな手のかかったお弁当とは――」

おたいはため息をついた。

「お赤飯の握り飯なんて、恥ずかしかったでしょ」

「いや、そうでもない」

相手は宇野と言わず、内緒で昼餉を抜いている者もいると話した。

「だから、明日も握り飯でかまわない。ただし、一つ、二つ、多く作ってほしい」

「その人の分ね」

「うん、まあ」

「そういう光ちゃんって、あたし、好き、大好き」

飯茶碗を手にしたまま、おたいは光太郎の胸の中に飛び込んだ。

二

新婚ならではの甘い一時が過ぎると、

「皆さん、いい人たちでよかったね」

おたいは確かめるように念を押した。

〝うちのおっかさんは、奉行所のお役人ほど、つきあいに気骨の折れる相手はいないって言ってたけどな〟

光太郎の言葉を鵜呑《うの》みにはできなかった。

「もちろん、昨日、盗っ人を捕まえたこと、光ちゃんも中原って人もお褒めにあずかったんでしょ？」

帰ってきた光太郎から、まだその話は聞いていない。

「まあ、いろんな人がいるよ」

光太郎は盗っ人の話には触れず、曖昧《あいまい》に応えた。この時、おたいは亭主の表情が翳ったのを見逃さなかった。

「何かあったの？」

「訊かないでくれ」

光太郎はくるりと背を向けた。

「そんなのなしよ」

おたいは光太郎の正面に廻った。

「あたしたち夫婦なんだもの。夫婦に隠し事はなしのはずでしょ」

おたいは光太郎の顔をじっと見つめた。

「そうだったな」

頷いた光太郎は、

「ただし、あんまり理不尽すぎて、聞いていると反吐《へど》が出そうになるぞ」

前置きしてから、宇野から聞いた話や直属の上司である菊池のいびり、権力者の丹羽にへつらう、腰巾着のような永井の様子を残らず話した。

「許せない」

おたいは憤慨した。

「光ちゃんと中原様の手柄を、何もやっていない菊池って人が横取りするなんて」

「しかし、又左にそれが奉行所というものだと言われた」

〝今に見ていなさい〟

明日になれば変わるとおたいは確信していた。明日、瓦版屋が光太郎と中原の働きを大々的に書いて売れば、二人の手柄が市中に知れ渡って、いずれは菊池も横取りしたことを恥じるだろう。

〝そうなったらいい気味だわ〟

おたいは、今ここですぐにでも、この話をして、光太郎を慰めたかったが、

〝あっと驚かせる方がいい〟

黙っていることにした。

「桃太郎みたいに悪い奴をやっつけたくて、俺、同心になったんだよ」

ぽろりと目から涙が落ちそうになったので、あわてて光太郎はうつむいた。

「光ちゃん、桃太郎の話、好きだったものね」

「うん。産まれた時から、悪を成敗する定めを持ってるって、男冥利《おとこみょうり》に尽きるからね」

光太郎は幼い頃、聞かされたばあやの昔話のうち、とりわけ、桃太郎の英雄譚が好きであった。

「清く正しく正義を貫きたい」

光太郎はきっぱりと言い切った。

〃明日になれば、光ちゃんの名、昔話の桃太郎ほどではなくても、少しは市中に知れ渡る〃

おたいは待ち遠しかった。

翌日、光太郎はおたいが握った、飯粒に芯のある握り飯を手にして、奉行所の屋根の甍を見上げ、門を潜った。

驚いたことに菊池が天水桶の前で光太郎を待っていた。

「ちょっと話がある」

菊池は青い辣韮になっている。目が据わり怒りが心頭に発している顔だった。

〃昨日にも増して不機嫌だ。また、嫌がらせか――〃

光太郎は諦めて、

「わかりました」

菊池の後をついて行った。

菊池は定町廻りの詰め所には寄らず、奥まった北向きの部屋の前で足を止めた。部屋に入ると、立ったまま、

「これは何だ？」

いきなり、懐から出した瓦版を広げて、突き付けてきた。

光太郎はその瓦版に目を落とした。一昨日の盗っ人浪人者の顚末が書かれている。

〝当世同心いろいろ〟と題された見出しの後に、まず、――一口に同心と申してもぴんからきりまで、ぴんときりが出遭って捕り物に及んだのだから、もうこれは抱腹絶倒、居合わせた者たちは感心したり、意気地のなさを嘲笑ったり、これぞ当世北町同心事情――と書かれていた。

光太郎は読み進んだ。

――ぴんは定中役の中原龍之介なる御仁、悪鬼のごとき形相の浪人者が、幼き女児に突き付けた刀を、素手にて挟んで制した手際、あっぱれ誉れなる――

〝たしかにその通りだ〟

見事だった中原の動きを思い出しかけていると、

「ここだ、ここが目に入らんのか」

思い余った菊池が、

「――きりは町人上がりの定町廻り、松本光太郎。町人あがりならば仕方もなかろうが、浪人者が蛇なら睨まれた蛙よろしく、すくみあがったまま、ずるずると後ろへ下がって、震え続け、中原なる御仁が駆けつけなければ、哀れ、幼き女児の命は露と消えていた――」

怒声をあげて読んだ。

「これがおまえのことだ。もう一度、声に出して読んでみろ」

さすがに光太郎は声に出せず、目で何度も追った。

「これは違っています」

「どう違っているというのか？」

「わたしは震えたりはしておりません」

「後ろへ下がってもいなかったと？」

「それは――」

「下がったのであろう。さもなくば、このように誹《そし》られることもあるまい」

「下がらねば、子どもの喉を突くと相手が脅したんです。わたしは、子どもの命が心配で――」

「言い訳は無用だ。おまえのせいで、我ら定町廻りまできりの同心呼ばわりされた。この恥辱、何とも耐え難い」

菊池の怒りを溜めていた青い顔は、憤怒を漲《みなぎ》らせて真っ赤に染まった。

「町人上がりごときにこのような不始末を起こされて――」

固めた菊池のこぶしが振り上げられた。

のけぞった光太郎は、両頬に熱さと痛みを同時に感じた。

「金で同心株を買ったおまえのような奴は、奉行所の恥なのだ。末席とはいえ定町をなんと心得ておるのか」

三

頬を腫らした光太郎が宇野の部屋を訪れると、

「すみません、今、忙しくて」

宇野は文机《ふづくえ》から顔を上げようともしなかった。

「わたしは昼も忙しいです」

〝昼も来てほしくないというのだな〟

廊下を歩いていて目が合った永井は、立ち止まるとくるりと踵を返した。

〝つまり、そういうことなのか〟

光太郎は孤立無援になりかかっていた。

昼時になり、がらんとした定町の詰め所で一人、黙々と握り飯を食べていると、突然、襖が開いた。

「ほう、昼餉ですね」

際立って小柄な男が呟いた。身の丈は五尺二寸（約一五八センチメートル）ほどで、菊池基次郎ほどではないが痩せている。十二貫目（約四五キログラム）もないにちがいない。薄茶色の上質な小紋の小袖に、濃茶の羽織と袴を着け、白足袋を履いている。なかなかの洒落者と見受けられた。若いはずはないが、年齢の頃はしかとはわからない。

「おぬしに話がある」

男は立ったままである。

「あなたはどなたです？」

憮然として光太郎は訊いた。初めて顔の合った相手であった。

「島崎淳馬《しまざきあつま》」

薄く小さな唇が動いた。

「島崎様とおっしゃるとあの年番与力の――」

「左様」

〝北町奉行所を仕切っている年番与力が、今、目の前に居る――〟

光太郎は天地がひっくり返ったのかと思われるほど驚いて、手にしていた握り飯を放り出すと平伏した。

「あ、そのまま、そのまま」

島崎は部屋へと足を踏み入れた。

光太郎がまだ挨拶していなかったのは、定町廻りになったばかりでは、目通りなどできるお方ではないと、永井に止められていたからであった。だが、そんな言い訳すら口から出なかった。

「瓦版は読んだ。吟味方与力の丹羽や定町廻りがえらく騒ぎ立てておる。わしは笑って済ませたいのだが、ここまで、皆に知れ渡ると、何とかけりをつけねば、ことはおさまりそうにない」

島崎はうっすらと笑った。物腰は柔らかいのだが、冷たい目をしている。

「わたしを罰するというのですか」

光太郎は顔を上げた。

黙って頷いた島崎は眉一つ動かさなかった。

「どのような処罰を？」

〝もしや、罷免なのでは――〟

光太郎は背筋が凍りつくような気がした。

「定町廻りは辞めていただく。ここまで先輩たちの顰蹙《ひんしゆく》を買うと、仮に止《とど》まっても、お役目に打ち込むことができぬだろうから、他のお役目に」

「他のお役目とは臨時廻りのことですか？」

光太郎は廻り方に固執している。外役の廻り方で働けないのなら、何のために同心になったのかわからない。

「はて、どうしたものかのう。臨時廻りには年をとり、定町を辞めた者もおる。定町が毛嫌いしているおぬしを、受け入れるかどうか――」

「まさか、御出座御帳掛のような内役では――」

光太郎は失意のあまり、体中の血が抜けていくような気がした。

「それも考えたが、始終、おぬしが奉行所に居るというのもよろしくない。皆、この先、今回のようなめんどうに巻き込まれたくないのだ」

〝又左や丹羽たちまで、掌《てのひら》を返すように、俺を引き取りたくないと言ったのだろう〟

「ところで、おぬしは定中役の中原と知己だそうだが」

〝又左の奴、そんなことまで――〟

「はい。身を挺して子どもを助けるお姿をこの目で見て、勇気も力もある、立派なお方だと敬愛しています」

「ならば、あの男の下で働いてみては？」

「定中役ですか」

厠同心だという宇野の言葉が木霊のように、心の中に響き渡った。

「遊軍の定中役なら、廻り方の助っ人を頼まれることもある。これでどうかな？」

打診しているのは口調だけで、その目はもう決めて言い渡していた。

「わかりました」

光太郎は仕方なく応えた。

「結構」

島崎はにっこりと笑ったが、やはり、目は冷ややかなままだった。

「一つお聞きしたいことがあります。たしかにわたしは盗っ人の刀に怯《ひる》みました。ですから、今回のことで、わたしが誹られるのは仕方のないことかもしれません。けれど、どうして、あれだけの働きをされた中原殿の手柄を、どなたも認めようとなさらないのですか？」

光太郎は臆さずに島崎を見据えて、思うところを述べた。

「はて」

島崎は知らずと目を逸らした。

「はぐらかさないでください」

光太郎が語気を強めると、

「中原が望んでいないのだ」

「どうして？」

光太郎にはとても信じられない。

〝厠同心、猫の手同心と陰口を叩かれ、なぜ、平気でいられるのか〟

「存ぜぬ。そのうち、おぬしから訊いてみるがよかろう」

そう言って、立ったままでいた島崎は腰を折ると、畳の上に落ちていた握り飯を拾い上げた。一口、ほおばって、

「惜しい。よい米を使っているのに炊き方が悪い。不慣れな妻女の炊いたものなら、おぬし、ここは一つ、びしっと文句を言わねば、しめしがつかんぞ」

またしても、温か味のない微笑を浮かべた。

同じ頃、おたいもまた、くだんの瓦版を手にしていた。村松町の幼馴染みの瓦版屋六助を、

「どうして、こんな風に書いたのよ。これじゃ、うちの人、まるで腰抜けみたいじゃない」

悔し涙混じりで問い詰めてきたばかりであった。

六助からは、

「そんなこと言ったって、瓦版は面白かねえと売れねえんだよ。ご立派な心がけのお役人二人が、悪い奴をお縄にしたなんて話だけじゃ、面白くもおかしくもねえ。それにネタはおたいちゃんの話だけじゃねえ、見ていた他の人たちにも、ちゃーんと聞き込んだんだ。嘘は書いてねえぞ。だから、よく売れた、ありがとよ。また、頼むぜ」

突っぱねられ、言われたくもない礼まで言われた。

「口惜しい、口惜しい、口惜しい」

村松町から帰ってきたおたいは、丸めた瓦版を竈で燃やしてしまおうと思ったが、もはや、夕餉の支度をする気力も失せて、

「ああ、どうしたら、どうしたら——」

厨の土間に座り込んで頭を抱えていた。

光太郎が帰ってきた。

案じていた通り、むすっと暗い顔でいる。

「今、足桶と手拭いを」

おたいが手伝おうとすると、

「自分でやるからいい」

框《かまち》に腰を下ろした。その背中がしょんぼりして見える。

〃瓦版のことが奉行所でも――〃

おたいは身のすくむ思いであった。

「夕餉の支度、まだなの。出かけたんだけど、帰ってきたら、急に気分が悪くなって――」

「そうだろうな」

光太郎は一人で着替えた。

「俺が腰抜けだって書いてある瓦版、読んだんだろう？」

おたいは頷いた。

「だから、気分が悪くなったんだ」

〃光ちゃんは、あたしが書かせたものだってこと知らない――〃

「そんなことないわよ」

おたいは首を横に振って、

〃とても、光ちゃんに本当のことなど言えない〃

涙ぐんだ。

「何だ、おまえ、俺のこと哀れんでるのか？」

光太郎は声を荒らげた。

「そんなことない」

「そうだよ」

「そんなこと——。すぐ、何か支度を」

煮売り屋へ走ろうとすると、

「もう、いい。夕餉もいらない。芯のある飯なんて食えたもんじゃない。酒にする」

ぞんざいな物言いをした。

すると、そこへ、

「お邪魔します」

玄関で井澤屋の孝二郎の声がした。

「はい、只今」

おたいは滲んだ涙を袖口で押さえて応対に出た。

「兄さん、帰ってますか」

「ええ」

「義姉《ねえ》さん、目が赤いですよ」

「あら、そう？」

おたいは無理やり微笑んだ。

「実は奉行所の島崎様から文が届いて、おとっつぁんがえらく心配して、今、ここに駕籠で来てるんです」

「奉行所で何か？」

こわごわ聞くと、

「まだ、聞いてないんですか。兄さん、定町のお役目から外されたんですよ」

孝二郎は労《いたわ》るような目でおたいを見た。

四

おたいは煮炊きと同じくらい掃除が苦手だった。几帳面な幸右衛門は片付いていない客間の座布団を一睨みしたものの、何も言わず、祝言の時に座った座布団の上に座った。孝二郎もその時と同じように隣りに座る。

「光太郎を呼んできておくれ」

「はい」

光太郎は厨の土間にどっかりと座って、大徳利の酒を呷《あお》っていた。

「お父様と孝二郎さんがおみえよ」

「声が聞こえた」

「光ちゃんに会いたいって」

「俺は会いたくなどないぜ」

「でも、それじゃ、あたしが――」

「責められるってか？　おまえがどう思われたって、俺の知ったことじゃない」

普段のおたいなら、思いやりがない、薄情だのと光太郎に食ってかかるところだったが、

〝あたしのしたことで、こんな騒ぎになっちまったんだもの〟

「そうね」

恨み言の一つもなく、厨を出て客間に戻った。

「厨に居るんですけど、どうしても、会いたくないそうで」

おたいはうつむいて言った。

「そうか、それなら」

幸右衛門は立ちあがり、孝二郎が続いた。

「光太郎」

幸右衛門は客間と変わらず、皿小鉢が出したままになっている厨の様子に眉を寄せた。

「何です？」

大徳利を手にして座ったまま、光太郎は振り返った。

「事の次第は島崎様から伺った」

「そうでしたか」

「これは災難だ。左遷は口惜しいだろうが、何とか耐えて早く、定町に戻れるよう努めるのだ。島崎様も、おまえのことを気にかけてくださっている」

幸右衛門は諭すように言った。

光太郎は、ふふっと嘲笑って、

「おとっつぁん、いくらだったんです？」

「いくらとは何のことだ？」

幸右衛門は鼻白んだ。

「惚《とぼ》けたって駄目ですよ。同心株二百両のほかに、いったい、いくら、このわたしにかかってるんです？　新米の同心では、普段、挨拶もさせてもらえない年番与力の島崎様が、定中役への左遷を言い渡しに、わざわざ、わたしの居る部屋まで訪ねておいでになるのは、よほど、おとっつぁんが貢いでいる証《あかし》なのでしょうから——」

光太郎は眼を幸右衛門の顔に据えた。

「おまえの案じることではない」

「そうはいきません。おかげでわたしは、金で同心になった道楽息子呼ばわりされるだけではなく、奉行所の面汚し、腰抜けとまで言われているのですから——」

光太郎の目に悔し涙が光った。

「兄さん」

思い余って、孝二郎が口を挟んだ。

「奉行所はうじゃうじゃと鬼ばかり跋扈《ばっこ》している、鬼ヶ島のようなところじゃないですか。とうてい、一本気で曲がったことの嫌いな兄さんの居られるところじゃない。

いい加減、目を覚まして、井澤屋へ戻ってきてはどうです？」

孝二郎は相づちを求めるようにおたいの目を見た。

しかし、おたいは、

「道楽息子呼ばわりは同心株のせいだけど、瓦版に腰抜けと書かれたのは、お父様とも井澤屋とも関わりのない別の話よ」

心のままを口にした。

「そうだ。何もかも人のせいにするのはよろしくない」

幸右衛門は大きく頷いて、

〝いけない。あたし、自分が悪いっていうのに、光ちゃんを責めちゃった〟

おたいは悔やんだが後の祭りだった。

「とにかく」

立ち上がった光太郎は、

「帰ってください。わたしは、もう、子どもではありません。自分のことは自分で処します。ですから、この先、おとっつぁんが商いとの関わりで、奉行所や島崎様と親しくなさるのは勝手ですが、わたしのことで大枚を落とすのは無用になさってください」

二人を玄関に追い立てた。

見送りに出たおたいは、

「これを」

孝二郎からそっと重箱を渡された。

「すみません」

重箱の中身は孝二郎が女中に作らせた、五目ご飯と春野菜の炊き合わせだった。

しかし、この夜、有り難く、これを口にしたのはおたいだけで、光太郎はひたすら自棄酒《やけざけ》を飲み続けていた。

夜中に起きだしたおたいが、気にかかって厨へ足を向けると、光太郎が大の字になったまま、ごうごうと大いびきをかいて眠っていた。その顔には涙の乾いた痕があり、

「俺は負けない」

寝言で呟いた。

「そうよ、その意気よ」

呟いたおたいの目も濡れていて、

〝あたしが足を引っぱって、辛い思いをさせてしまったんだもの、今度こそ、光ちゃ

んのためにならなければ〟

　固く決意した。

　翌朝、目を覚ました光太郎は、朝餉は抜いたものの、身支度を調え、おたいに重箱の五目ご飯を握らせて奉行所へ向かった。

「今日あたり、連中は俺がいじけて休むのを、楽しみにしているのかもしれないが、そうはいくもんか」

「でも、光ちゃん、お酒臭い」

　おたいは鼻をつまんだ。

「平気だよ。定中役の厠同心は臭い、臭いと言い立てて、どうせ、誰も近くに寄っちゃあこない」

　光太郎はからりと笑った。

〝この人、思い切るまで大変だけど、いざとなると、なかなか腹が据わるんだわ〟

　おたいはひとまず、ほっとした。

　光太郎を送り出した後は、家の中の掃除をはじめた。母のおよしに倣って、襷がけに姉さん被りで、母が持たせてくれた叩《はた》きを手にした。

〝光ちゃんのおとっつぁんに呆れられてしまったから、頑張らないと——〟

「あのう、すいやせん」

居間の縁側から訪《おとな》う声がした。

〝お客さんなら玄関からのはずだけど〟

戸惑いながら出てみると、年の頃は三十をとうに過ぎた、恰幅のいい、町人風の男が立っていた。大柄ながら、切れ味のいい、如何にも、敏捷そうな身体つきで、腰に十手を挟んでいる。

「あっしは日本橋は瀬戸物町の岡っ引き、桝次《ますじ》と申しやす。どうかお見知りおきを」

桝次は軽く辞儀し、腰を屈めた。

「松本弥一郎様は廻り方でしたけど、当家の主はそのお役目ではありません」

〝この人、まだ、光ちゃんが左遷になったこと、知らないんだわ〟

ところが、

「それなら知っておりやす」

桝次は顔色一つ変えなかった。

「岡っ引きの親分衆といえば、廻り方の手伝いをするお役目でしょ。だったら、うちとは、もう、関わりがないはずよ」

おたいは相手の思い違いをさらに糺《ただ》した。

「あっしは、定中役の中原の旦那に申しつかって参りやした。中原の旦那の家も元は定町廻りだったんで、長いつきあいがあって――。どうか、何でも言いつけてくだせえ。まずは掃除などお手伝い、いたしやしょう」

桝次は素早く裾を端折《はしょ》ると、紐の端を口に挟んで器用に襷をかけた。

「そんなことお頼みしては――」

「遠慮なさることはねえ。これも岡っ引きの務めなんですから」

「それじゃあ――」

おたいは桝次を家に上がらせた。

「お借りしやす」

叩きをおたいの手から取り上げた桝次は、慣れた手つきで欄間《らんま》に溜まっている埃《ほこり》まで、掃《はら》い落とすと、座敷箒《ざしきぼうき》を使い、その後、力強く絞った雑巾で畳や廊下、縁側を拭き上げた。

「庭はどうしやす？」

「そうねえ」

元の住人、松本弥一郎は几帳面な性質《たち》だったのだろう。苔生《こけむ》した少ない庭石と小さな灯籠《とうろう》、手水鉢《ちょうずばち》が置かれた庭に、葉一枚落ちていなかった。垣根の忍冬《にんどう》をはじめ、山茶花《さざんか》、椿、松、どれもが常緑で、濃緑色の葉を茂らせている。

「綺麗な庭だから、今のところ、このままでいいんでしょうけど、何だか、面白くないわね」

〝今は緑が芽吹く時季だもの〟

おたいはどちらかといえば、黄緑色の新芽や、新緑で彩られる草木が好きであった。

五

「庭の様子をお変えになりたいようですね」

「ええ。だけど、まだ、どうするかまでは決めていないの。うちの旦那様にも訊いてみないといけないし――」

「お決めになったらあっしにひと声かけてください。植木職のようにはいかねえまでも、お手伝いいたしやす。なに、庭いじりは掃除と同じで好きな方なんで――。中原の旦那のところのお手伝いをさせてもらって以来、すっかり、病みついてしまいましてね」

「中原様のところも庭の様子を変えられたんですか？」

「もうかれこれ、二年になりやすが――。もともと草木の好きなお宅でして、春は桜草、夏は朝顔、秋は菊、冬は山茶花が、そりゃあ、見事でしたよ。今は旦那の仕事の都合もあって、あっしらには馴染みの薄い、香りの強い草ばかり植えておいでです。そん時、お手伝いしたんです」

「桝次さんが病みついたっていうほどなんだから、香りの強い草って、さぞかし、いいもんなんでしょうね」

「紫のうつぼ草に似た花ときたら貧弱で、ちょっと見は、雑草とたいして、変わらねえんですが、もやもやした気分でいる時なんぞ、そばに寄るだけで、すーっとそいつが抜けていくんでさ。何ってったかな、えーっと、ヒロと来て、次がハラ、とにかく舌を嚙みそうな名で、その次もあったんだが、よく思い出せねえ」

桝次は片手でごちんと自分の頭を叩いて、

「何でも長崎の出島に、文化年間（一八〇四～一八一八年）に入ってきた滅多にない草だそうで――」

「今、咲いてるのかしら、そのヒロ、ハラ――」

もやもやが消えると聞いて、おたいは惹かれた。

〝光ちゃんの胸のもやもやを何とかしてあげたい〟

「いいや、まだですよ。あれが咲いてたのは去年の夏だから。けど、今ならカミツレ（カモミール）がありやすよ。カミツレもオランダから入って来たもんだって、旦那から聞きやした。こいつは小指の先ほどの大きさの白い野菊みてえな花でね、野林檎の匂いがしやす。この花を煎《せん》じて飲むと効くんですよ。気分が苛立って眠れねえ時なんぞに」

〝よし、お酒の代わりに、光ちゃんにこれを飲ませよう〟

「あたし、そのカミツレ、この庭に植えたいわ」

「中原の旦那のことだ、気前よく、分けてくれますよ。それに何しろ、雑草みてえなもんだから、根付きもいいはずです。そうと決まったら、あっしと一緒に旦那のところまで参《めい》りやしょう。実はあっしも旦那にお報せすることがあるんで――」

「それなら、ご一緒させていただくわ」

こうして、おたいと桝次は、提灯《ちょうちん》かけ横丁の東端にある役宅から、中原龍之介のところへと向かった。

途中、

「中原様はご在宅なのかしら？」

おたいは首をかしげた。同じ定中役の光太郎は奉行所に出仕している。

「定中役はお役目を賜った時だけ、出仕すればいいんですよ」

桝次は決まり切ったことを訊くなといわんばかりの顔で応えた。

役宅前の道を、商家の列ぶ竹島町《たけしまちょう》側へ渡り、組屋敷の建ち並ぶ中を歩いて、角を右に曲がると妙珠稲荷が見える。

「さっき、お仕事の都合で珍しい草を植えたとおっしゃったけど、定中役ってどんなお仕事なのかしら？」

「今にわかりやす」

中原龍之介の役宅は、妙珠稲荷の先を左に曲がり、亀島川に向かって歩を進めた先にあった。

「あら——」

近づくにつれて、いわく言い難い、甘酸っぱい芳香が漂ってくる。

「これがカミツレ？」

桝次は応える代わりに、ふーっと大きく息を吸い込んだ。

「いいねえ」

芳香の元である中原の家の前に立った。木戸門には、〝医者・よろず〟と書かれた木札がかけられている。

「へえー。お医者様もやってるんだわ」

〝気持ちを鎮める草も薬草の一種には違いないものね。でも、よろずというのはどういう意味なんだろう〟

おたいは首をかしげながら、木戸門を潜り、カミツレの白い花が咲き乱れている小さな庭を歩いた。先を行く桝次は、玄関へは向かわずに、庭を横切り、縁先に回った。

「旦那、あっしです、瀬戸物町の桝次です」

「ちょっと待ってくれ」

童顔の龍之介がえくぼを浮かべて出てきた。医者の着るような十徳《じっとく》ではなく、普段着の小袖姿である。腕に白い猫を抱いていた。少年のような雰囲気の人だとおたいは思った。

〝嫌〟

おたいは猫が苦手であった。幼い頃、猫を抱いていて引っ掻かれた、痛い思い出がある。

「おやおや、猫まで飼われやしたか？」

桝次は目を瞠った。

「飼うと決めたわけではないが、永島町のおときのところから通ってきている」

「永島町のおときといやあ、あの猫婆ですね」

眉をひそめた桝次は、

「三味線屋とやりあった時には、大変なんてもんじゃなかったですよね」

龍之介に相づちをもとめた。

「そうだったが、おときの言い分にも一理あった。三味線屋は三味線の胴皮欲しさに、市中の猫を飼い猫、野良猫の別なく、捕らえていたのだからな」

「おときの家は猫屋敷と言われてるほどの数の猫で溢れてるんですぜ。何匹かいなくなったって、そうそう、目くじらたてることもねえとあっしは思いますよ」

「おときは猫が捨てられているのを見ると拾わずにはいられない。わが子を守るように、猫たちを慈《いつく》しんでいるのだ」

〝おときという人が猫婆なのは、猫を沢山飼っているからなのだわ〟

「しかし、猫を真似て伸ばした爪で、おときが、三味線屋の顔をざーっと、引《ひ》っ掻《け》えたのには驚きましたね。ありゃあ、下手をしたら一生もんの傷でした。旦那が仲に入ってなきゃ、三味線屋が奉行所に駆け込んで、おときは今頃、どうなってたか——」

引っ掻き傷の話が出て、おたいは血の気が引いた。

〝だから、猫って嫌なのよね〟

身震いして、龍之介の抱いている猫をちらっと見ると、今まですやすやと目を閉じていた白猫の目が開いて、

「ニャアオー」

威嚇するように鳴いた。

「旦那とおときにつきあいがあったのは意外でしたが、まあ、旦那はよろず医者なんだし、あり得ねえことじゃありやせんね」

〝なあんだ、医者・よろずって、生き物のお医者のことだったのね〟

「おときは猫が傷を負ったり、餌を食べなくなると連れてくる。この猫も餌を食べないのを案じて連れてきた」

「今はかなり、活きがいいようですよ」

桝次の視線にも猫は応えて、やはり、不機嫌そうに、

「ニャアオー」

と一鳴きした。

「メボウキ（バジル）の葉を揉んで口中に垂らしたところ、口内の爛《ただ》れが治癒した」

メボウキは江戸期（一六〇三〜一八六七年）に清国から入った薬草である。水に浸すとゼリー状になる種で、目を洗浄したことからこの名がついていた。

「今時分、メボウキですかい？　ありゃあ、青ジソ（大葉）によく似た葉つきで、暑い夏の頃のもんじゃなかったですかね」

「治療に便利なものなので、時季外れに出回る野菜を真似て、寒い時も、桐油紙や油障子を立てた唐むろ（温室）で育てている」

「初耳でしたよ。それじゃあ、ヒロ、ハラ何とかってえ、紫の花もそうやってるんですね」

「ヒロハラワンデル（ラベンダー）はメボウキほどたやすくはない」

そこで、

「残念ですねえ、あっしはあれが好きなんで――」

ため息をついた桝次は、

「そうそう、猫婆なんぞの話に夢中になって忘れてやした」

やっと思い出して、

「この方は松本の旦那のご新造様です。先ほどお手伝いに伺うと、旦那のところのカミツレに興味がおありとかで――、それで、お連れしやした」

「たいと申します」

おたいは辞儀した。

〝やっと紹介してもらえた〟

「これから、松本殿と共にお役目を果たす中原龍之介です」

龍之介は猫を縁側に下ろしてから一礼した。

「ニャオ、ニャオ」

猫は甘えて、不満そうに鳴いたが、龍之介は取り合わなかった。

「お噂はかねがね――」

おたいがふと洩らすと、

「瓦版にあるようなことですね」

龍之介は笑顔を消して、

「わたしは間違ったことをしたとは思っていませんが、松本殿には気の毒なことをしてしまいました」

頭を垂れた。

六

〝光ちゃんが憐れまれている〟

おたいは有り難いとは思わなかった。

「松本は男子です。ですから、気の毒などと、思ってくださらなくてよろしいのです。あなたの憐れみは受けたくありません」

おたいは強い目で龍之介を見据えた。

「まあまあ、そうムキにならずとも――」

桝次が取りなそうとすると、

「それに悪いのはあたしなんです。中原様のせいではありません」

おたいの目から涙がこぼれた。

「ここいらで、癒し茶でも飲みましょう」

龍之介は、諦めて縁側に寝そべっている白猫を抱き上げると、

「どうぞ、ここへ」

二人のために場所を空けた。

「あっしはこれで――」

遠慮して帰ろうとする桝次に、

「桝次、おまえが一緒の方がよいようだ」

龍之介はおたいの方を見て微笑した。

「おたい殿とわたしは初対面だ。今のところ、おたい殿はわたしよりも、おまえの方を親しく感じておられる」

「あっしだって、さっき、お宅に伺って、掃除を手伝っただけでさ」

桝次は困惑顔でいる。

「それにおまえも用あって、ここへ来たのだろう。帰らずいておくれ」

龍之介はカミツレを摘んで、掌いっぱいに載せると厨へと姿を消した。

「癒し茶ってどんなもんなんです？」

おたいは龍之介の言った通り、桝次が頼みであった。あのような言葉を投げつけてしまった以上、龍之介と二人になるのは気まずい。

「この庭の香り草を摘んで煎じたもんでさ」

「それじゃ、煎じ薬と同じ？」

「あれほど強いもんじゃありやせん。じわじわと気持ちに効いてきて、そのうちに、気持ちのせいで悪かった身体の具合もよくなるって寸法」

「でも、中原様が治療なさってるのは生き物でしょう？」

「まあね」

「だったら、香り草や癒し茶が効くのも、生き物に限るんじゃないのかしら？」

「それがそうでもねえんで。あっしはヒロハラ何とかに夢中だし、それに――」

桝次は何か言いたくてならない、そわそわした様子になったが、

「そのうち、わかりやすよ」

するりと躱《かわ》した。

龍之介が盆に湯呑みと壺を載せてきた。中を覗くと茶の色は蜂蜜色で、野林檎の香りが芳《かぐわ》しい。

「好みで甘味を」

龍之介は壺の蓋《ふた》を開けた。

「まあ、和三盆」

高価で珍しい白砂糖であった。庶民が親しんできた甘味といえば、麦芽などから作る水飴か、サトウキビを白砂糖に精製する前の黒砂糖に限られている。

「〝水飴や黒砂糖には独特の匂いがあって、カミツレのせっかくの香りを損ないま

す〟と、ある方に申し上げたところ、和三盆のいただきものをしたのです」

「こりゃあ、いい巡り合わせだ」

桝次は和三盆をひとつまみ、カミツレ茶に入れて、添えてあった箸で掻き混ぜた。気のせいか、さらに香りに芳しさが増したように感じられる。

桝次はズズッと湯呑みを啜《すす》って、

「ああ、極楽の味がする。これもいいねえ」

桝次はため息をついた。

思わず、ごくりと生唾を飲んだおたいは、

「あたしも」

桝次を真似た。

「何だか――」

甘さに美しさがあるのだとしたら、きっとこういう味なのだろう、おたいはふんわりと幸せな気分に包まれた。

「わたしもいただくとしましょうか」

龍之介も茶を啜った。

「ところで、おたいさん、先ほど、瓦版のことで、自分が悪いとおっしゃっていましたね。あれはどういうことなのでしょう？　差し障りがなければ、お話しいただけませんか」

やんわりと龍之介は切り出した。

「あのこと――」

一瞬、おたいは心が翳ったが、カミツレ茶を啜ると、話す勇気が湧いてきた。

〝本当は誰かに聞いてもらいたい。そうしないと、心が真っ暗になりそう〟

「実は――」

おたいは幼馴染みで瓦版屋の六助に、光太郎の手柄話を書いてほしいと頼んだことを話した。

「よりによって、瓦版屋が幼馴染みだったとは――」

龍之介はうーんと腕組みをした。

「不運すぎると言やあ言えるが、そりゃあ、あんまり、褒められた内助の功じゃねえな」

桝次は手厳しかった。

「いくら幼馴染みでも、情け容赦がないのが商いってもんなんだから」

「六ちゃんにもそう言われたわ」

「あっしたちみてえな、すれっからしともなりゃあ、食えない瓦版屋を使うこともできねえでもねえが、素人が瓦版屋に近づくとろくなことはねえ。これからは気をつけることですよ」

「身に沁みたわ。こんなこと、もう二度と――」

おたいはうなだれたが、吹っ切れた声だった。

「これであなたの心は晴れたはずです。この話はわたしに預からせてください」

龍之介が最後を締めた。

なぜか、話してしまうとおたいの心は軽くなった。肩や首の凝りまで取れたような気がする。

「そうそう」

桝次が龍之介に別の話を始めた。

「忘れねえうちに話しとかなきゃって、思ってたことがありやす」

「やっと用向きの話になったな」

龍之介はにやっと笑った。

「本郷は胸突坂のお旗本吉田《よしだ》作右衛門《さくえもん》様御屋敷脇の、石垣に咲く花のことを覚えていやすか」

〝胸突坂の石垣に咲く花なら、一月前《ひとつき》のことだったわ。皆が噂していた。本郷胸突坂にある、吉田作右衛門というお旗本の屋敷脇の石垣に、枯れないすみれが咲き続けているという話――〟

おたいはこの手の珍談奇談の噂話に目がなかった。

「あの話に関わっておいでだったんですね」

思わず口走ると、

「よくねえ兆《きざ》しかもしんねえと、主が案じて奉行所の力を借りに来たんだが、吉田様は無役の小普請組なもんだから、労多くして功なしってことで、見切った定町廻りの旦那方が、こちとらに押しつけてきたんでさ」

「それで、石垣にすみれの咲き続ける理由はわかったんですか？」

おたいは龍之介に訊かずにはいられなかった。

「石垣の間の土にすみれの種が偶然落ちて、これはたぶん、鳥の仕業でしょうが、芽吹いて花をつけたのだと思います。そこまではあり得ることですが、枯れないとなるとおかしい。それで日々、胸突坂の石垣まで通って調べてみたところ、枯れないすみれのある近くの石が、紫色に染まっているのがわかりました。すみれの花が落ちて染まったのです。つまり、枯れないすみれは、どこかから、たぶん、千住あたりからでしょうが、日々、人が運んできていたものだったんです。吉田様の患っている娘さんは、たいそう、すみれがお好きだそうです。娘さんの部屋からは、すみれの咲いている石垣が見えます。石垣に咲いたすみれを見て、この花の散る頃、きっと、自分の命も尽きるだろうと、思い詰めていたとのことでした。そこでわたしは、枯れないすみれは、娘さんの恢復を願うどなたかの善意がなせるもので、よくない兆しなどではないと、吉田様にお伝えしたのです。それが？」

龍之介は桝次の顔を見た。

「吉田様では、恢復したお嬢さんと主治医の中野《なかの》源庵《げんあん》先生の婚儀が調ったんだそうで、あっしは吉田様に呼ばれ、祝い酒を振る舞われて、中原の旦那に報せ、重ねて礼を言ってほしいって頼まれたんですよ」

「それはよかった、何よりだ」

目を潤《うる》ませかけた龍之介は、

「やはり、すみれを咲かせ続けていたのは主治医だったか」

得心のいった笑みを浮かべた。

「何だ、旦那は見当がついていたんでやすね」

「もちろん、家の人たちも娘さんの恢復を願っていただろうが、あの家の近くに、すみれは咲いていなかったから、これは通ってくる者がしたことだと思ったのだ。主治医なら、誰よりも娘さんの病状にくわしいはずだし。主治医は娘さんが恢復しないのは、散るすみれに託した、心の翳りゆえだと見抜いていたのだろう。それで、何としてでも、すみれを枯れないようにしたのだ。娘さんへの想いゆえに――」

「それ、ものすごくいいお話ですね」

おたいは、ぼーっと頭が痺《しび》れたようになった。

七

この日も光太郎は、夕刻になると、奉行所から判で押したかのように帰ってきた。

「はい、今日はまず、これ」

おたいは湯呑みのカミツレ茶を出した。一口啜った光太郎は、

「何だ、これ」

妙な顔をした。

おたいは桝次という岡っ引きに誘われて、龍之介の家を訪ねた話をした。

帰り際、龍之介が、

「松本殿にも、時には拙宅にお出かけくださるよう――」

と言って、摘み立てのカミツレと和三盆を、各々、紙に包んでくれたものだとつけ加えた。

「俺は飯が食いたい」

おたいの炊いた飯は、昨日ほどは、芯がなく固くもなかった。これに若布《わかめ》の味噌汁、梅干し、沢庵が夕餉である。龍之介のところに長居したので、菜が足りないとわかってはいたが、煮売り屋まで出向くことができなかった。

「ごめんね、あたし、ご飯、きょうも上手く炊けなくて」

「飯だけじゃない。菜だって満足に出来はしないじゃないか」

光太郎は呆れて、

「いいよ、明日から、煮炊きは俺が帰ってきてやる」

宣言した。

気まずくなったところで、

「あのね、光ちゃん」

おたいは奥の手を使うことにした。

「胸突坂の石垣すみれの話、覚えてるでしょ」

その話なら、光太郎とおたいが何でなのだろうと、繰り返し話して興じ、一度など本郷まで、足を運んだことさえあった。

光太郎は正直者に福が舞い込む、昔話の〝花咲爺《はなさかじい》〟のような話だと主張し、おたいはきっと、何か理由あってのことだと言い通した。

「あれが、どういうことだったのか、わかったのよ」

おたいは龍之介の話を繰り返した。

「中原様が調べて、家の人に伝えなかったら、娘さんはまだ、病の床に臥したままだったかもしれないけど、これで、娘さんと主治医がめでたく夫婦になるんだから、枯れないすみれが吉兆だったというのも真実。吉田様の心がけの程はわかんないけど、〝花咲爺〟みたいに、福が舞い込む話に違いないっていう、光ちゃんの言い分も半分は当たってたってわけよ」

「なるほど」

思った通り、光太郎の目が輝いた。

〝よかった〟

すかさず、おたいは龍之介の言づてを口にした。

「だから、どう？　中原様のところへ一度伺ってみては？」

「中原殿もおまえも、俺に奉行所へ行くなと言うのか。たしかに定中役は、奉行所へ通わずともいいお役目だが、俺にも意地がある」

光太郎の声が尖った。

「中原様は、時にはお出かけくださいとおっしゃっただけよ」

「奉行所では誰も俺に声をかけてこない。幼馴染みで助けてやったこともある、あの又左までもだ。たまらない。だが、俺は通うと決めた。だから、通う」

しかし、十日ほどこれが続くと、

「どうにも我慢できなくなった。昨日、定中役の詰め所に座っていて、とうとう、理由もなく息苦しくなった。厠が黒い洞窟のように見えた。その時、洞窟の厠に引き込まれて、息絶えるような気がした。今日は家に居る」

この日の朝、光太郎は出仕を諦めた。

〝だからと言って、すぐに中原様のところへとは勧めない方がいい〟

おたいは朝餉の膳を挟んで、光太郎と向かい合っている。

おたいは、光太郎の炊いたふっくらとしている飯粒を、ゆっくりと箸で口に運んでいた。光太郎の飯炊きは、面白がってばあやのおうめに習った特技である。卵焼きも光太郎が器用に焼いた。おたいは、納豆と味噌汁に入れる浅蜊《あさり》を、朝の棒手振《ぼてふ》りからもとめた。味噌汁の味つけは光太郎がかってでた。

「行ってみるかな」

浅蜊の身を突きながら、光太郎がぽつりと洩らした。

「どこへ？」

おたいは惚けた。

「中原さんのところだよ。当分、定中役に廻り方のお役目が降ることはなさそうだ」

光太郎の表情は寂しげで、

〝光ちゃんはやっぱり、今も、定町でいたいんだわ〟

知らずとおたいは光太郎の腰のあたりに目を遣っていた。そこにはもう、定町廻りの十手はない。

〝光ちゃんにとって、十手は宝物みたいだったもの。寝てる時以外は、いつでも、大事得意そうに十手を持ってた〟

おたいはつい、このところ、やや窶《やつ》れた様子の光太郎の顔をまじまじと見た。

「どうした？　何か顔に付いてるか？」

「何でもない。相変わらず、いい男だと思って見惚れただけよ」

おたいはあわてて茶化した。

真に受けた光太郎は、

「何だ、朝っぱらから」

顔を赤くした。

〝気取られずに済んだ〟

おたいは、ほっと胸を撫で下ろした。

「行ってらっしゃい」

見送られて光太郎は提灯かけ横丁を出た。

妙珠稲荷にさしかかった頃、横道から一人の侍が前を歩き始めた。

〝どこかで見たような気もするが〟

しかし、後ろ姿なので誰かはわからない。

〝まあ、気のせいだろう〟

小柄ながら侍は足が速かった。癇性《かんしょう》なほどに忙《せわ》しなく歩を運ぶ。

〝何だ――〟

光太郎の負けん気が頭をもたげた。何とか、追いついて、追い抜いてやろうと思うのだが、早足では間が縮まない。こちらが、走れば間違いなく追いつけるのだが、侍は早足のまま、それでは勝負にならないような気がする。

結局、早足の光太郎は、亀島川が見えてきても侍を二間（約三・六メートル）、前に睨み続けて、とうとう、〝医者・よろず〟という木札がかけられているはずの、中原龍之介の家の近くまで来ていた。

〝おや――〟

何と、相手が立ち止まったのも、中原の役宅前であった。

〝侍が誰でも、鉢合わせは気が進まない〟

そう思って、踵を返そうとすると、

「松本」

立ち止まった男に声をかけられた。

「島崎様」

驚いたことに、足の速い侍は年番与力の島崎淳馬であった。

「おぬしも中原に用があるのか」

島崎はうっすらと笑った。薄い唇の端が少々、縮むだけの酷薄な微笑《わら》いである。

「ええ、まあ、でも」

光太郎の捻った身体は、まだ半身、戻ろうと前を向いている。

「これは奇遇。ならば、是非、一緒に。このところ、ずっとここのカミツレがよい香りで咲いている。見るだけでも、きっと、寿命が延びるぞ」

島崎は有無を言わせぬ口調で押してきた。

「はい」

〝ああ、これが宮仕えというものか〟

光太郎は捻った半身を戻して、島崎の後ろへ控えた。

「入るぞ」

島崎は勝手知ったるもので、門を入って、

「どうだ？　これがカミツレだぞ」

などと光太郎に話しかけていると、

「島崎様ですね、松本殿も――」

襷を掛け裾を端折って、屈みこんでいた龍之介が立ち上がった。手にしている目ざるはカミツレの花で埋まっている。市中で遭った時に見たやや丸顔の童顔が微笑んだ。目元は涼しく、情味のある唇は形よく、すっと綺麗に通っている鼻筋に気品があった。

「いかがですか？　お身体の方は」

気がつけば、始終、瞬きを繰り返す島崎の目を龍之介は覗き込んでいた。

〝島崎様は患者として通っておいでだったのだ〟

光太郎は意外な展開に驚いた。

「おぬしの癒し茶のおかげでまあまあというところだ。このところ、また、こんな調子でのう――」

微笑みを消した島崎は、打って変わった、すがりつくような表情で、左右の目を指差した。

「しかし、前のように赤くはありませんね。眠れてはいるようです」

「ただし、眠りが浅くなってきている。カミツレのおかげで寝付きはよくなったが、夜中に目が覚めると、あれこれ考えてしまい、眠れぬ時が長く、それで、目がチカチカして――」

島崎は憂鬱そうに呟き、目を瞬《しばたた》きながら顔を伏せた。

〝島崎様は役者だ。患者としてだけ、ここへおいでになったのではない。何か魂胆があるのだ〟

光太郎は不安になった。

第三章　神隠し

一

「重いお役目ゆえ、何かと、ご心労が重なっておいでだからでしょう。さあ、部屋の方へどうぞ」

龍之介が痛ましそうに島崎を見ると、

「ここで構わぬから、まずは、あれを」

島崎は唇を舐めた。

「カミツレ茶ですか」

「ああ」

「乾かしたカミツレの花をお渡ししてあります。あれなら、たとえお忙しくて、ここへおいでいただけなくても、時季外れになっても、お飲みいただけるはずです」

「屋敷や役所で試しているのだが、乾いたものは、ここで生を煎じて飲むほど美味くない。芳《かぐわ》しい、美味いと感じるほど効き目があると、おぬしから聞いておるので、こうしてわざわざ参ったのだ」

島崎は媚びながらも恩着せがましかった。

「効き目は同じでも、生を煎じた方が香りが柔らかで美味しいのは確かです。しばらく、ここでお待ちください」

龍之介は目ざるを手にして奥へ入った。

「おい」

島崎は光太郎に縁側に座るよう勧めた。

「いえ、わたしは――」

遠慮して後ずさりする光太郎に、

「ここでは、特別だ。許す」

「それでは」

島崎と光太郎は隣り合って座った。

「どうかな？　中原は？」

「ここへ伺ったのは初めてなので――」

「何しろ、稀にみる変わり者だから、中原は。おぬしも盗っ人浪人相手の中原の立ち回りを、見たからわかるだろうが、下谷《したや》の伊庭道場の中原龍之介といえば、師範代に匹敵する腕前と評判だった。中原に訊いたところ、封じ剣を極めたかった理由がふるっているのだ。辻斬りの話を聞き、侍が犬を試し斬りにする様子を見たのが三つ子の魂で、相手の剣を封じるために剣術に精を出したのだそうだ。中原の剣は、人や生き物を殺《あや》めさせないためだというのだから、たいした変人ぶりとは思わぬか？」

「今でも中原殿は道場へ行かれているのですか？」

あの見事な封じ剣、習えるものなら、習いたいものだと光太郎は思った。

首を横に振った島崎は、

「その後は、道場通いを止め、馬医者の修業をしたいと、誰が聞いても呆れるようなことを言いだして、練馬に引っ込んでしまったのだ」

わざと大きなため息をついた。

〝べったら漬けにする大根で有名なあの練馬か、ずいぶん田舎だな。だが、練馬にいたはずの中原殿が、どうして、また、江戸市中に戻ってきて宮仕えをしているのか〟

その理由を訊きたかったが、

「実はおぬしに頼みがある」

島崎に先を越された。

「おぬしとて、毎日、厠ばかりながめていたくはないであろう？」

光太郎の耳に囁く。

「どういうことです？」

「おぬしと中原の定中役が、廻り方などの遊軍であることは存じておるな」

「はい」

「だが、廻り方は滅多に役目を回さぬ。定中役は日々、奉行所へ出仕する義務もないので、中原はこうして、生き物や人の心の医者、〝医者・よろず〟を開業している。それで、眠りの浅いわたしなども助かっているのだが、ただ、それだけでは惜しい。おぬしも存じておろうが、中原には力がある」

「いったい、中原殿に何をお頼みになりたいのですか？」

「これから交渉する。おぬしはわたしの言うことに、一切、異を唱えてはならぬ。年番与力島崎淳馬の命とわきまえて、じっと耳を傾けるのだ。いいな」

凄みのある念押しに、

「わかりました」

光太郎は承知するよりほかなかった。

龍之介が盆に湯吞みを載せて現れた。

「どうぞ」

〝おや〟

おたいが淹れてくれたカミツレ茶は蜂蜜色だったが、湯呑みの中は白っぽい褐色に濁っている。

「やっと、届いたようだな」

島崎はにっと笑った。

「厨で湯を沸かしていたところへ、雉子《きじ》橋から島崎様のお名前で白牛酪《はくぎゅうらく》が届きまして、いつものカミツレ白牛酪茶にいたしました」

白牛酪とは白牛の乳を煮詰めて型に詰め、乾燥させたものである。島崎は湯で溶かした白牛酪で作るカミツレ茶が、ことのほか好きだったのである。

「カミツレにハッカも混ぜたかな？」

島崎は、白牛酪でカミツレと少量のハッカ（ミントの一種）を煮出して、蜂蜜の甘みを加えるのが好みである。

「ええ、もちろん」

二人のやりとりを聞いて、光太郎は湯呑みを鼻に近づけてみた。ハッカの匂いは飴などで馴染みがあり、野林檎や蜂蜜の香りと相俟《あいま》って、なかなかのものであった。おたいが淹れてくれた、湯で煎じ、少量の和三盆を加えただけのカミツレ茶とは雲泥の差である。

〝美しくも美味な匂いとは、このようなものを言うのかもしれない〟

光太郎はおたいと同じように感心した。

「いただきます」

島崎が啜り始めるのを待って、光太郎も啜った。予想にたがわず、濃厚ながらすっきりと甘く芳しい茶であった。

「よい味であろう？」

島崎が相づちをもとめた。

「白牛酪の匂いがまるで気になりません」

井澤屋では健康にいいということで、幸右衛門が白牛酪を飲んでいる。光太郎も勧められたが、匂いのきつさがたまらず、父親につきあい続けているのは孝二郎一人であった。

「カミツレの香りと上手く調和しているのですよ。湯でなく、白牛酪で煎じたカミツレ茶には、いつも島崎様からお届けいただく、和三盆ではなく、蜂蜜の方が互いの匂いを引き立て合う。不思議なものです」

〝島崎様は中原殿に和三盆を付け届けていたのか――〟

光太郎はこれこそ、不思議でならない気がした。

察した島崎は真顔で、

「一言断っておくが、薬代を和三盆で誤魔化してはおらぬぞ」

光太郎に向かって言った。

「ちゃんとお支払いいただいております」

龍之介は苦笑いした。

「さて、ここまでは患者島崎淳馬、これから後は、年番与力として、中原、おぬしに頼みがある」

湯呑みを置いた島崎はすっと背筋を伸ばした。光太郎も湯呑みを持ったまま、背中のあたりを緊張させている。

「改まって何事でございますか」

龍之介は当惑気味である。

「本郷は胸突坂の石垣すみれの話を聞いた」

「相変わらず、何でも知っておられるのですね」

「年番与力は御奉行を助けるお役目、地獄耳でなければ務まらぬ。噂になっていた胸突坂の枯れないすみれについて調べ、その謎を解いたおかげで、病に臥していた娘が恢復した上、近く花嫁になるという話を耳にした。人に福をもたらすとは、いやはや、感心、感心、たいした仕事ぶりだ」

〝上手すぎる世辞は嫌味なものだ〟

光太郎はうんざりした。

「わたしは謎は解きましたが、吉田家に福をもたらした立役者はすみれです。すみれを運び続けた、娘さんを想う主治医の一念です。わたしではありません」

龍之介は淡々と応えた。

「そこそこ、そういう謙遜なところが好ましいと、跡取り息子がいなくなった堀米屋《ほりごめや》の主は、噂を聞きつけて、是非、おぬしにと——」

本《ほん》八丁堀にある堀米屋は、江戸市中で一、二を争う米問屋であった。

京橋川と楓川《かえでがわ》の合流点から亀島川との合流点までの堀を八丁堀と呼び、この一帯の地名の源となった。堀の北側の岸を本八丁堀、南側を南八丁堀と呼び、諸国からの荷を運ぶ船が行き来していた。

「わたしに人捜しのお役を？」

龍之介は怪訝《けげん》な顔をして、

「それは定町のお役目では？」

「菊池にはすでに話をつけてある。堀米屋のお内儀のたっての願いとあらば仕方がなかろうと」

「本当ですか？」

龍之介は島崎を見つめた。

「本当のことをおっしゃって頂かない限り、たとえ、年番与力のあなたの命であっても、この中原、お役目を返上してでも、お引き受けすることはできません。後で皆さんとまずくなるのは困ります。わたし一人のことならまだしも、今は――」

龍之介は光太郎を見た。

〝中原殿はいざとなると鋭いし、強い〟

光太郎は龍之介が頼もしかった。

「あの菊池殿がいいとおっしゃるわけがありません」

島崎を前に龍之介は腕を組んだ。

「まだ話しておらぬ。菊池が承知するのを待っていたら、いつになるか。なにぶん、堀米屋と御奉行はお親しく、何としてもここは、御奉行のお顔を立てなければ――それがわたしの役目」

島崎の額から冷や汗が流れ出た。次にぶるっと身震いすると、両手で頭を抱え、

「寒い、頭痛がしてきた」

龍之介に訴えた。

「いつものですね」

「助けてくれ」

泣きつく島崎に、

「今、すぐ、カミツレ茶のお代わりをお作りしましょう」

龍之介はまた奥へと姿を消した。

〝どうせ、中原殿の同情を引くための詐病だろう〟

光太郎が冷淡な目で見ていると、

「いいな、わしの言う通りにするのだぞ」

島崎はがちがちと歯を鳴らして、

「寒い、寒い」

連発した。

その様子はもはや、偽りとは見えず、

「大丈夫でございますか」

光太郎は羽織を脱いで着せかけた。

「かたじけない」

意外に島崎は律儀で、

「わたしのこの病は、軽い風邪でもあり、自慢のようだが、出世病でもあるのだ。あまり眠れず、過労と緊張が極まると、熱もないのにやたら寒くなって、頭ががんがんしてくる。近頃は正体不明の咳まで出てくる始末。年番与力のお役目についてから、始終、こんな具合なのだ。おぬし、出世とは誉れであるものの、苦しいものだぞ」

ごほごほと咳をこぼした。

二

龍之介は二杯目のカミツレ白牛酪茶を島崎が飲み終わるのを待って、

「お引き受けする条件は、菊池殿たちの下で働かせていただくことです。まずは菊池殿にお話しください」

と穏やかに言った。

〝しかし、あの菊池殿がすんなりと言うことをきくだろうか〟

光太郎は大いに疑問だったが、

「御奉行から堀米屋のことを頼むと言われ、堀米屋へ出向くとおぬしの名が出た。それで、内々に、おぬしにと目論んだが、かくなる上は仕方ない。菊池を呼んで話す」

島崎は渋々諦めた。

「しかし、堀米屋のお内儀には、すぐにも、会ってもらわないと面子《メンツ》が潰れる」

「それはかまいません」

〝これで菊池殿が頭から湯気を出して怒るだろう。辣韮頭が唐辛子顔に変わるかもしれない〟

「実を言うと、お内儀はもうじきここへ来る」

「よほど、お子さんのことが心配なのでしょう」

「いなくなってから二日経つのだが、ほとんど寝ておらぬらしく、気が高ぶっている様子なので、わたしがここの治療を勧めたのだ」

〝さすが上手い立ち回りだ〟

光太郎はもう、呆れる気もしなかった。

「それではわたしはこれで」

腰を上げた島崎は、光太郎が続こうとすると、

「おぬしは、奉行所で無聊《ぶりよう》をかこつのに飽いておるのではないか?」

まず念を押し、

「ええ、まあ」

光太郎が頷くと、すかさず、

「それなら、しばらく、奉行所ではなく、ここへ通うように。ここで、生き物の治療を手伝ったり、定中のお役目を果たせばよろしい。よいな、中原」

例によって有無を言わせぬ言い方だった。

「松本殿さえよろしければ」

龍之介は当惑顔で言った。

〝言う通りにしなければならないのだ――〟

光太郎は勢いよく、

「わかりました。仰せに従います」

承諾した。

島崎が帰って行くと、

「松本殿は生き物好きですね」

龍之介はぴたりと言い当てた。

「どうしておわかりなんです？」

光太郎の問に答えず、縁側から地べたに下りると、

「ここへお通いいただくのであれば、うちの生き物たちをご紹介しなければ――」

龍之介は松の木のある、池の方へと歩き出した。

「ここに生き物が飼われているのですか？」

龍之介に続きながら、光太郎は庭を見回した。しんと静まりかえっている香り高い庭に、生き物の気配は感じられない。

「松太郎《まったろう》」

池のそばで龍之介が呟くと、水面が白く波立って、大きな鯉《こい》が顔を出した。眠そうな目をしている。

「これが当家で一番古い松太郎です」

龍之介はチクマハッカ（キャットニップ）の茂みに隠れている、鶏小屋へと歩いて行く。扉を開けると、一羽の雌鳥が飛び出してきて、ココッ、ココッと地べたの虫を突っ突きだした。

「千草《ちぐさ》です。名前に似ず、強いのですよ」

最後の大きな犬は、裏庭の杉の木の根元に寝そべっていた。光太郎がはっと息を呑んだのは、狼に似た様子の獰猛《どうもう》な赤い目をしていたからである。

「杉之介《すぎのすけ》です。見た通り、野生の血を引いています。ただし、杉之介は思いやりのある優しい気性な上、とても賢いので患者さんたちを驚かさないよう、自分から昼間は裏庭に行くのです。とはいえ、泥棒よけにならぬこともありません。ちゃんと人の心を見て取って吠えるのです。いつも困るのは、島崎様がおいでになると、鳴き止まずにいることなのですが、どういうわけか、今日は全く吠えず、それで、あなたが生き物好きで、通い合うものがあったのではないかと思ったのです」

たしかに杉之介は光太郎を見ると、立ち上がって尾を振り、背中を撫でてやると、ほどなく仰向けになって横たわった。尾は振り続けている。

「よしよし」

光太郎は杉之介の首もとから、無防備に波打っている腹部を撫でた。目を見ると、潤んだその目はたしかに温かかった。

〝可愛いものだ〟

「杉之介はあなたがおいでになって、喜んでいるようですね」

「子どもの頃から、犬に限らず、生き物は好きな方でして——」

〝奉行所で人と心を通わせられず、犬とこうしているのはおかしなことだが〟

持ち前の楽天性ゆえに、これもそう、悪くないものだと光太郎は思った。

「あと一匹、今日はまだ来ていませんが、通ってくる猫がいます。まだ、居着くかどうかわからないので、名をつけてありませんが、白い猫なので、とりあえずは〝シロ〟と呼んでいます」

〝猫も可愛い〟

光太郎は犬猫を問わず好きであった。

「ごめんくださいませ」

訪う声が門のあたりから聞こえた。

「わたしがお迎えいたします」

走って光太郎が出て行くと、

「ここは中原先生のお宅でいらっしゃいますね」

「はい」

「わたしは本八丁堀四丁目の堀米屋の番頭重助《じゅうすけ》と申します。このたび、年番与力の島崎様のお力添えにより、中原先生のところまでご相談にまいった次第でございます。お目にかかりたいと申しております内儀は、今、ここに駕籠でまいっております」

三十半ばの重助は温和で渋みのある様子をしている。

「それでは、どうぞ、お入りください」

ほどなく、堀米屋のお内儀は客間に通され、龍之介、光太郎と向かい合うことになった。

「槙《まき》と申します」

色白のお槙は、整った顔立ちながら、固い蕾《つぼみ》を想わせる。年の頃はまだ二十そこそこに見えた。

〝これが噂の若い後添えだな〟

堀米屋ともなれば、光太郎も噂の一つ、二つは耳にしていた。堀米屋の主利左衛門《りざえもん》は四十をとうに過ぎているというのに、娘ほども若い後添えを貰って、まだそう、月日が経っていなかった。

「お顔の色が優れませんね」

龍之介はまず顔色に注意した。

「大五《だいご》がいなくなってから、このところ、眠れなくて」

「召し上がってもいないのでは？」

「ええ。食べるともどしてしまって。お茶さえ喉を通らない始末です」

「もしや、身籠《みご》もっておいでては？」

「ええ、実は――」

お槙は目を伏せた。

「家の方はご存じなのですか」

「いいえ」

「どうしておっしゃらないのです？」

「こんな時にそんな話、とてもできません。とても、恐ろしくて――」

お槙は顔を両手で覆った。

「恐ろしいというのはどういうことです？」

「そうでなくても、店の者たちは、わたしが大五をどうかしたのではないかと疑っているのですから」

「息子さんがいなくなった時、あなたは一緒だったんですね」

「手習いの先生のところまで、迎えに行くのがわたしの役目でした。内儀になる前から、それがわたしの役目だったんです。先のお内儀さんが亡くなられた後、わたしは雇われて、ずっと、若旦那様、大五の世話をしてたんです。ですから、そのわたしが大五をどうにかするなんて、ありはしないのに、店の者たちは、旦那様にあること、ないこと言い付けて――。三日前のあの日に限って、突然気分が悪くなり、横になっていたので迎えに行くのが遅くなりました。待ちきれなくて帰ったのだと思いましたが、それなら途中で出会うはずです。夢中であたりを探しましたが、大五は見つかりません。遅れたのは本当に気分が悪かったからなのに」

お槙は長い話をすると、言葉に特有の訛《なま》りが出た。光太郎はどこかで聞いたことのある、訛りのような気がしないでもなかったが、すぐには、誰とは思い出せなかった。

「皆の白い目が気になって、身の置き場のない毎日で――」

お槙は啜り泣いた。

〝つまり、奉公人が玉《たま》の輿《こし》に乗ったがゆえの妬《ねた》みってやつだな〟

大勢の奉公人が居る大店《おおだな》の事情を、肌で感じてきた光太郎はわからないでもないと思った。

「今はまだ旦那様もわたしを信じて、こちらへ頼んでくださいましたが、身籠もっているとわかったら、また、取り巻きが何を吹き込むことか――わたしがお腹の子を後継ぎにしたがってしたこととか――」

そこで気分が悪くなったのか、お槙は片袖を口に当てた。

三

「ところで、ご心配はまだ、ほかにおありでしょう」

お槙に近づいた龍之介は、その背を優しく撫でた。

「お話しいただかないとお力になれないのです」

すると、お槙は、口に袖を当てたまま、もう一方の手を帯に伸ばした。折った紙の束が差し出された。龍之介は開いて目にしたとたん、眉を寄せた。光太郎が覗くと、そこには、

――堀米屋のお内儀は人さらい――

――大五はお槙に神隠し――

と書かれていた。

「人さらいの文が先に来て、次に神隠しが――」

お槙は苦しげに喘いだ。

「お話はわかりました。身籠もった時の吐き気によく効く香草をさしあげます。それをお持ちになって、煎じて飲むか、それもお辛い時には枕元に、袋のまま置いてお休

みください。必ずよく眠れます」

龍之介は労るように言って、乾かしたハッカを詰めた袋を渡して帰した。

二人になると光太郎は、

「さて、それでは、瀬戸物町の番屋へ行って、桝次を呼んできてくださいませんか」

龍之介に頼まれた。

瀬戸物町へ出向き、腰高障子から顔を覗かせて、桝次の所在を尋ねると、

「いるぜ。俺に何か用かい？」

がっしりした身体つきの大男が立ち上がった。

そこで光太郎は、

「わたしは松本光太郎、先日は家内が世話になった」

名乗って礼を述べ、至急、役宅まで呼んでくるよう龍之介に頼まれたのだと話した。

「これは松本の旦那、わざわざ、お迎えとはすいやせん」

丁寧な言葉つきに反して、桝次はじろじろと光太郎を上から下まで見つめて、

「祝言をお挙げになったばかりと噂に聞いたので、何かお手伝いすることがあったら

と思って、伺ったんでやすよ。可愛い御新造様でやすね」

内心、

〝俺だって、男ぶりはそう悪くないつもりだが――〟

桝次は独り身の自分が切なくなった。

番屋を出た二人は八丁堀へと歩き始めた。

「あっしを呼ぶからには、市中のお調べなんでしょうね」

桝次はかまをかけたが、

「話はじかに中原さんから聞いてほしい」

光太郎は口が固かった。

〝悪かねえな〟

桝次は感心した。

〝何が悪いって、瓦版屋みてえに、ぺちゃぺちゃくっちゃべる奴ほど、先行き、信用ならねえもんはねえからな〟

役宅に着くと、

「ご苦労でした」

迎えに出た龍之介は〝医者・よろず〟の木札を裏に返し、三人は座敷で額を寄せ合うことになった。

堀米屋の跡取り息子がいなくなったことを桝次は知っていた。

「昨日から、奉行所中、てんやわんやですよ。定町に臨時の旦那衆まで加わって捜しやした。何しろ、堀米屋といやあ、大店中の大店ですからね。旦那たちの気合いも並みじゃありやせん。堀米屋から弁当やら菓子やら酒やらが届いて、まるでお祭り騒ぎでやす。これで見つけでもしたら、どれだけ礼金が降って湧くことか——。あっしも、一石橋《いちこく》の迷子石を皮切りに、市中をさんざん廻らされて、帰ってきたところだったんでやす」

迷子石とは迷子、尋ね人を探すための掛け札場であった。片側が〝たづぬる方〟、他が〝しらする方〟となっていて、必要な側に貼り紙をして吉報を待つのである。

聞いていた光太郎は、

〝臨時廻りにまで声をかけたというのに、われら定中役に沙汰がないとは——〟

口惜しくも情けなかった。

「手掛かりはなかったようだな」

龍之介は桝次を見つめた。

「迷子石で見つかるのは運のいい方でさ。お大尽の堀米屋の倅となりゃあ、どっかに迷い込んでるなんて、考えられやせんしね」

「身代金でも言ってきているのか?」

「いいや、それはまだで。そのうちに来るんじゃねえかって、菊池の旦那はおっしゃってやしたが」

「堀米屋の方の調べは?」

「菊池の旦那がじきじきになさいました。あっしが聞いた話じゃ、堀米屋の主は下谷に妾を囲っていたようで」

〝あんな若いお内儀が居るというのに——〟

光太郎は呆れた。

「何でも、先のお内儀さんが臥せってた間に囲った女郎上がりだとか。だから、もう、相当の年増でさ」

「子はいるのか?」

「いねえそうです」

「怪しいのはその妾ですね」

光太郎は手を打つ代わりに口を挟んだ。

「菊池殿もそう思われたはずですから、すぐ、調べにおいでになったでしょう」

龍之介は光太郎の方を向いた。

「そう聞いてやすが、これが、そう怪しくはねえんですよ」

桝次は気の毒そうに光太郎を見た。

「主は番頭の重助が白ねずみでいるのを見込んで、妾と夫婦にして搗米屋《つきごめや》を始めさせる段取りなんでさ。ようは厄介払いですよ」

白ねずみとは独り身のまま過ごしてきた、奉公人のことで、搗米屋とは米問屋から仕入れた玄米を、精白して人々に売る小売商である。

「だから、妾が恩のある主一家に仇《あだ》するようなことはねえと思うんですよ」

「たしかにそうだな」

「あとは商売仇《がたき》ってえ線が？」

「考えられる」

「同じ米問屋で、神田佐久間町に米田屋ってえのがあるでしょう。しつこいぐらいに、いつも一、二を堀米屋と競ってるとこです」

「菊池殿のことだ。当然、調べたんだろう」

光太郎は龍之介の先手を打った。

「まあ、調べるには調べたんですが――」

桝次は眉を寄せた。

「何も出なかったのか？」

光太郎は追及した。

「旦那――」

桝次は呆れたように光太郎を見て、

「旦那の在所は新川筋の井澤屋だって聞いてますよ。下り酒問屋となりゃあ、てえしたお大尽でしょう。気がつきませんでしたかね、始終、見廻りご苦労様のおひねり欲しさに、定町なんぞの旦那衆が井澤屋にも来てるのを――」

〝そうだったのか〟

全く家業に興味がなく、店に出てみたことも、様子を観察したこともない光太郎であった。

「つまり、米田屋は菊池殿たちに賄賂を渡して、お調べから逃げたというわけだな」

「身も蓋もない言い方をしちまうと、そういうことです」

「ならば調べ直さねばならぬ」

龍之介は立ち上がって、身支度を始めた。

「それではわたしも」

光太郎は倣ったが、

「あっしもお供しますよ」

桝次の腰は最後に上がった。

「それには及ばぬ」

龍之介は断った。

〝桝次を除け者にしていいのだろうか〟

思わず光太郎は龍之介の目を見た。

「われらと一緒に動くと、桝次、おまえまで皆に疎まれるぞ」

龍之介の頰にはえくぼがあり、桝次を見る目は優しかった。

「ありがてえお言葉で。申しわけありやせん。この通りです」

桝次は深々と頭を下げて、先に門を出て行った。

光太郎は龍之介と肩を並べて、米田屋のある神田佐久間町へと歩いていく。

日本橋を渡り、筋違御門《すじかいごもん》まで続く目抜き通りを、昼下がりの春の陽を全身に浴びて歩いていると、昨日までの奉行所での出来事が嘘のように感じられた。

柳原《やなぎわら》の土手に沿って東へ歩き、神田川に架かる和泉橋《いずみ》を渡ると佐久間町はすぐだった。

ひねもす厠ばかり見ていては飽きるだろうと、島崎が言い当てたのは本当で、光太郎は久々に、自分は仕事をしていると実感した。

〝これで巻羽織に十手を持たせてもらえば、最高なんだがな〟

十手を持たない市中廻りは、何とも間が抜けているように思われる。

〝定中役だなんて野暮を名乗るのは嫌だな。だが、厠同心よりはましか〟

そんなことを埒《らち》もなく考えていて、ふと、隣りに龍之介の姿がないことに気がついて振り返ると、龍之介が立ち止まっている。

「どうしたんです」

急いで、かけつけると、

「このタンポポのことなのですが」

龍之介はじっと、道端のタンポポに見入っていた。

四

「タンポポが何か――」

タンポポは黄色い花の部分が千切れて落ち、茎と葉はぺたりと地べたに貼りついている。

「踏まれたんでしょうね。人か大八車にでも」

〝これが生き物だったら、助けるところだが〟

所詮は心のない草木ではないかと光太郎は思った。

「はて、このままにしておくか、根を掘って持ち帰り、庭に移してやるか――」

龍之介は真剣に考え込んでいる。

〝タンポポごときで〟

口に出しそうになった光太郎だったが、

〝こんなことで迷って、時を潰してほしくない〟

「それほどお迷いなら、持ち帰るのがよろしいかと思います」

早速、生えているタンポポの前に蹲《うずくま》って、土を掻き分けようとした。

「それはちょっと待ってください」

龍之介が止めた。

〝いったい、何なんだ〟

光太郎は苛立って、無言で立っている龍之介を見上げた。

「このままにしておくのと、持ち帰るのと、どちらがタンポポのためになるか、考えているところなのです」

「タンポポのためって――」

光太郎には意味不明である。

「タンポポなどの草木は、一度根付いた場所を動くことができません。この道は人通りが多い。いずれ、また、ここを人や車が踏むでしょう。だが、しかし――」

龍之介は膝を落とすと、葉を調べて、

「やはり、このままにしておくことにします」

千切れた花と踏まれた葉を懐に入れると、

「行きますよ」

足早に歩き出した。

光太郎は、

「どうして、あのままになさったんですか？」

追いつくやいなや訊ねた。

「あのタンポポは、ほら、このように」

龍之介は懐からさっきのタンポポの葉を取り出して、掌に載せて見せた。

「大きく、つやつやとよい若葉色をしているでしょう。これは根がよく育っている証です。それゆえ、あそこでタンポポは毎年、踏まれ続けて、逞《たくま》しく育っているのだとわかりました。踏まれ続けることが幸いしているのです。案じることはありませんでした。ようはわたしは、いつでもどこでも、どんな命でもないがしろにしたくないだけなのです」

再び、懐にタンポポの葉を収めながら、龍之介はにっこりと笑った。

米田屋で用向きを告げると、

「少しお待ちになっていてください」

店先の手代が番頭に取り次ぎ、番頭がさらに上役の大番頭に話しに行って、その大番頭が、

「こちらへどうぞ」

客間へ案内はしてくれたものの、主の姿はなかった。

「あいにく、主数右衛門《かずえもん》は、風邪で臥せっておりまして」

〝これぞ、詐病に決まっている〟

光太郎はむっとしたが、

「それでは大番頭のあなたに訊いてよろしいか？」

龍之介は穏やかに切り出した。

「はい」

大番頭は頭を垂れた。

「堀米屋の跡継ぎ大五が神隠しに遭った話は存じておろうな」

「もろちん」

「定町廻りの菊池殿もお調べになったと聞いておるが、堀米屋からのたっての望みで、我ら定中役にも大五捜しのお役目が下った。これがどういうことか、おわかりかな」

「ええ」

大番頭はうつむいたままでいる。

「ところで、あなたに子はおられるか？」

「はい」

「だったら、鬼ででもない限り、如何に商売仇とはいえ、堀米屋の不幸を喜ぶ気持ちにはなれまい」

「当たり前でございます」

大番頭は顔を上げた。

「この米田屋が長年にわたり、堀米屋に対して、商売仇以上の想いがあるならば、それが、どのようなものなのか、是非、話してもらいたい」

龍之介は大番頭を見据えた。

〝あの時の手のような目だ〟

光太郎は盗っ人浪人の太刀を挟んだ、龍之介の両手を思い出していた。

〝あれは太刀が光ったに違いなかったが、まるで、中原さんの手が太刀になったかのようだった〟

ともあれ、初めて見る龍之介の目だった。相手の胸中を残さず見通しているかのように、際立って強く厳しい。

「やはり、ご存じでしたか」

大番頭は深く嘆息すると一気に話し始めた。

「それなら、今更、隠し立てしても、始まりません。堀米屋の先代は、元は手前どものこの米田屋で働いており、先々代が小僧の頃から見込んで、仕事を教え込んだと聞いています。手代になり、いずれ番頭にと考えていた頃、突然、本人が堀米屋の婿になると言いだしたんです。堀米屋は娘一人でしたから、婿を迎えるのは当然としても、何も、同業者の店の奉公人に、白羽の矢を立てなくてもいいはずです。堀米屋の目論みは明白でした。米田屋の得意先を根こそぎ横取りする腹づもりだったのです。

それまでは、手前どもの方が堀米屋より儲かっていて、格上でした。けれども、手前どもの小僧上がりが、堀米屋の主となり、双方とも代替わりして、今日に至るまで、米田屋は堀米屋の格下になってしまっているのです。それでも、手前どもに堀米屋を恨むなというのは、無理な道理でございましょう」

「あいわかった」

龍之介が光太郎を促して、米田屋を辞そうとすると、

「これは中原殿」

小部屋から菊池がぬっと顔を出した。瘦せこけた頰に皮肉な笑いを浮かべている。

「また、役人が来たと聞いてな。非番の南町まで出張って来たのかと思いきや、おぬしたちとはな――」

「菊池殿でしたか」

龍之介はえくぼを見せた。

役宅の香草を前に見せる、無垢な微笑《わら》いであった。

「定中役落ちの松本も一緒か」

「はい」

それがどうしたとばかりに、思いきり、光太郎は菊池を睨んだ。

「何をなさりに参られた？　よもや、人捜しなどではあるまいな。人捜しは我ら、廻り方のお役目、まかりまちがっても、厠参りの御仁たちのお役目ではないはず」

菊池は辛辣な物言いをした。

「わきまえております」

龍之介はさらりと受け流した。

「ただ、我らはふとした道楽の弾みで、面白い因縁話を聞きに寄っただけにございます。お話は伺いましたので、これにてごめん」

店を出て歩き始めた龍之介に、

「どうして、中原殿は島崎様、ひいては御奉行から頼まれたと、はっきり、おっしゃらなかったのですか？」

得心のいかない光太郎は訊かずにはいられなかった。

「島崎様が菊池殿におっしゃったとは思えませんから」

「そうだとすると、我らは勝手に調べをしたことになって、また、お叱りを受けるのですね」

「かもしれません。でも、大丈夫。この程度のことで罷免にはなりませんし、定中役より下に、格下げになることもあり得ません」

いたって暢気な口調であった。

〝この人について行くのか〟

光太郎は、膨らみかけていた希望が一気に萎むのを感じた。

「中原殿は菊池殿にあんな態度をとられて、口惜しくはないのですか」

知らずと率直な気持ちをぶつけていた。

「まあ、あなたほどは」

龍之介は目を伏せて、

「それに今、何より大事なのは、早く手掛かりを摑《つか》んで、大五という子どもを見つけることです。ないがしろにしたくない命の一つを守らねば。こんな時は、菊池殿との瑣末《さまつ》ないざこざなど避けたいところです。ところで、堀米屋の主の妾宅がある下谷は目と鼻の先です。訊いておきたいことがあるので、立ち寄りましょう」

〝それはその通りだ〟

二人の足は下谷へ向かっている。

「子ども隠しは、やはり、米田屋が積年の恨みでやったことでしょうか?」

気を取りなおして光太郎は訊いた。

「それはどうでしょう」

「中原殿はそうは思われないんですか？」

「恩を仇で返したのは、先代の堀米屋でしょう。今の主の父親で、たしか、もう亡くなっています。堀米屋とはつきあうなという家訓があって、ずっと行き来はなかったにせよ、そんな昔のことで、先代の孫を拐《かどわ》かしたりするでしょうか。掠《さら》うなら、もっと早く、先代の生きているうちに、今の主を拐かして恨みを晴らすのが順当です。恨みはたしかに人を動かしますが、亡霊の仕業ででもない限り、生身の人間が恨みで動けるのは、ごく限られた時間ですよ。ただし、限られた時間の恨みほど、度し難いものはありませんが——」

龍之介はこの最後の一言に力を込めた。

〝おやっ、堀米屋と米田屋の話から逸れている〟

光太郎は龍之介の顔を見た。龍之介の横顔は翳っていて、目だけがぎらぎらと光っていた。強く厳しい目であることに変わりはなかったが——。

五

訪ねた妾宅では、

「どなた様でしょう」

手伝いの小女《こおんな》ではなく、囲い女らしい大年増が出てきて応対した。

二人が奉行所の者だと名乗ると、

「ゆいと申します。堀米屋の旦那様のお世話になっております」

礼儀正しく辞儀をした。

顎《あご》が細く面長《おもなが》のおゆいは、きりっとした美貌の持ち主ではあったが、笑うと目の周りの縮緬皺《ちりめんじわ》が目立った。

〝年齢を取ったからといって、お払い箱にするのは気の毒だ。この女はそんな自分の運命をどう感じているのだろう〟

光太郎は気になったが、

「ここでは何ですから、どうぞ、お入りになってください」

おゆいはいそいそと二人を招じ入れた。おたいなどよりも、よほど板についている。

「あいにく、手伝いの者に暇を出してしまったので、お見苦しいところをお目におかけしますが」

通された客間には菜の花が活けられ、よく掃除が行き届いていた。

「今、お茶を」

おゆいは煎茶と桜の形に抜いた干菓子《ひがし》を懐紙の上に載せてきた。

「もしや、お点前をなさるのではありませんか？」

「よくおわかりですね」

「勝手を申してよろしいでしょうか」

「まあ、何でございましょう」

「お点前で一服いただきたいのです」

「わかりました。今、茶釜を据えてまいります」

おゆいは茶室へと準備に消えた。

〝点前などにうつつを抜かしている時ではないのでは？〟

光太郎はごほんとわざと咳をこぼしたが、龍之介は何も応えなかった。

「それではこちらへどうぞ」

二人は茶室へと案内された。よく磨かれた廊下を渡る時、みしみしと鳴った。

「大丈夫でございますよ。かなり軋みますが、板が割れたりはいたしません。軋み始めた頃、旦那様は気にされていたのですが、結局、そのままになってしまって」

前を歩いているおゆいの表情はわからない。

茶室では、しゅんしゅんと釜の湯が沸く音がしている。龍之介は柱に掛かった竹筒の花入れに目を止めた。

「侘助《わすけ》ですね」

侘び助は茶人利休が好んだとされる一重咲きの椿であった。

「先ほど庭で切りました。この陽気ですので侘び助も、もうこれが最後の一輪でございましょう」

「堀米屋さんも侘び助がお好きだったのでしょうね」

「ええ、それはもう」

おゆいは寂しそうに微笑んで目を伏せた。

「でも、しばらくすれば、この家とも庭木とも別れることになりましょう」

おゆいの点前は見事だった。

「あなたは武家の生まれですね」

茶碗を置いた龍之介は言い当てた。

「よくおわかりに――」

「当家の作法に似ておりましたから」

「もう、そうだったのかと思い出すことも滅多にないのですよ」

おゆいは薄く悲しそうに笑った。

「そのあなたが今のようになられたのは、お実家《さと》に難が降りかかってきたからですか？」

「嫡男の兄のためでした。博打に手を出して、借金が膨れあがり、博徒たちに日々、脅される毎日でした。わたしが身を売らなければ、兄も両親も殺されていたでしょう」

おゆいは淡々と遠い過去を語った。

「それで今、お実家は？」

「わたしはお女郎をしながら、何度か助けようとしましたが、結局、兄は身を持ち崩したままでした。実家は貧乏旗本でしたので、兄が廃嫡となった後、継ぐ血縁もなく、心労のあまり、両親が相次いで亡くなり、家は断絶しました。わたしには帰る実家などないのです」

「番頭の重助さんと所帯を持たれるそうですね」

「ええ」

初めておゆいは心からの笑顔を見せた。

「旦那様の有り難いお計らいです。感謝しております」

「嫌ではないんですか」

光太郎が口を挟んだ。

「あなたは先のお内儀が病の床にあった時から、ここに住まわれていると聞いています。今のお内儀さんよりも先に堀米屋の主と知り合っている。なのに、後添いに納まったのは奉公人の一人であなたではない。酷い仕打ちだとは思わないんですか？」

ややむきになっている光太郎を、

「だって、わたしは生まれはともあれ、お女郎上がりですし、お槙さんほど若くもないのですもの、仕方のないことですよ」

宥《なだ》めるようにおゆいは答えた。

「重助さんとの縁をどう思われているのですか？」

龍之介の問いに、

「それは先ほど申しました」

おゆいは当惑顔になった。

「旦那様への感謝のほかに、伴侶として、重助さんをどう見ているか、お話しいただきたいのです」

「重助さんは長く、旦那様からの言伝《ことづて》やご用でここに通ってきてくれていました。それで親しみを感じていたのです」

「親しみだけですか」

「ええ、もう、どちらもいい年齢ですもの」

おゆいは目尻に皺を寄せて、照れたように笑った。

「そうでしたか。重助さんの名前を出したとたん、ぱっとあなたの顔が明るくなったので、よほどの想いかと思ったのです」

「よほどの想い――」

おゆいは龍之介の眼差しから逃れるかのようにうつむいた。

「ところで、ご本宅の若旦那様の行方はまだわからないのでございますね」

おゆいは顔を上げた。

「おいでになったのは、そのことでございましょう？」

「何か、心当たりは？」

龍之介はさらりと訊いた。

「わたしをお疑いなのですか？」

おゆいは心細そうな顔で龍之介を見た。

「あなたが重助さんと一緒になることを喜んでいないようだと、そういうこともあり得ますが――」

龍之介は微笑んで、首を横に振った。

「とても、そうは思えません」

「家の中を調べさせていただきたいのです」

光太郎が立ち上がった。

「そうですね。念のためということで。よろしいですね」

「はい」

答えたおゆいの顔は青かった。

龍之介と光太郎は茶室から戻ると、階下の三間と二階の一間を見て廻った。

二階の押し入れの前に線香と桜の干菓子、駒が手向けられていた。中を開けると、袱紗《ふくさ》に包まれて小さな位牌が出てきた。白木に〝鯉平〟と書かれている。

「子どものものですね」

「そのようです」

おゆいは階下の座敷に座っていた。放心したように見える。

位牌を手にして、

「これはどなたのものでしょう？」

龍之介が訊くと、

「何年も前、生み月を前に流産した子どものものです」

おゆいは顔を伏せた。涙にむせんでいる。

「子どもは男の子とわかるほど育っていたので、鯉平と名づけて葬ったのです。その時、お医者様がもう、子どもは授からないとおっしゃいました。ですから、この子はわたしの生涯でただ一人のわが子です。どうか、それをお返しください。お願いです」

おゆいは龍之介の手から、小さな位牌を奪い返した。

「このことを菊池殿に話しましたか？」

光太郎の問いに、おゆいは首を横に振った。

「まだ、死んだ子に執着しているとわかれば、いの一番に、わたしが若旦那に何かしたのではないかと疑われます。身籠もったのはずいぶん昔のことですし、ご本宅でも知っている人たちはそう多くありません。それで、訊かれないのなら黙っていようと思ったのです。定町の方々は、最初から、わたしを石女《うまずめ》と決めてかかっておられました」

龍之介と光太郎は妾宅を辞した。

「これで、おゆいが大五を拐かした可能性も出てきましたね。お払い箱になったおゆいの恨みという事もあり得ます」

「子どもの位牌があのように手厚く供養されているのにですか――」

「やはり、また、違うとおっしゃるんですか？」

「重助さんの話をした時のおゆいさんの笑顔が気にかかって。あれは間違いなく、未来に希望を託している人の顔です。そういう人が恨みで動いたりするでしょうか――」

六

「堀米屋のお内儀の具合が気にかかります。今日はもう暗くなってきました。明日にでも行ってみましょう」

龍之介は八丁堀へ戻りかけて、

「そうだ」

えくぼを作った。

「あなたを定中役に迎える宴がまだでしたね」

「ええ、まあ、そうですが」

「どうです？　これからご一緒に」

龍之介は盃を傾ける仕種《しぐさ》をした。

「新婚ではかえってご迷惑でしょうか」

〃意外に気遣いのある人なのだな〃

「そんなことはありません。酒は好きですし」

「特に自棄酒がでしょう？」

見事に見破られた。

「臭いましたか？」

「いいえ、何となく顔色でわかるのです。島崎様も御酒を過ごされると、目の下に青黒い隈《くま》を作られています。あなたの場合は多少、浮腫《むく》むようですね。大丈夫、これからお連れするところで治せますから」

「お連れいただくというのは？」

龍之介の足は日本橋北詰で左へと向き、荒布橋《あらめ》、思案橋《しあん》と渡った。

その居酒屋の暖簾《のれん》には、〃健菜《たけな》〃と書かれていた。気をつけていなければ、通りすぎてしまいそうな、こぢんまりとした店だった。

「健菜、変わった名の居酒屋ですね」

〝この人の関わるものはおおかた、変わったものばかりのようだ。きっとここの主も変わりものにちがいない〟

ところが、油障子を開けると、

「いらっしゃいませ」

さわやかな美声が迎えてくれた。

「そろそろ、おいでになる頃だと思ってたんですよ」

女主は年の頃、二十六、七、柳腰で細い項《うなじ》と、ぱっちりと開いた黒目がちの瞳が、年齢に似合わず、初々しく可憐だった。

「加乃《かの》と申します。中原様には贔屓《ひいき》にしていただいているだけではなく、身体を健やかにしてくれる草木について、いろいろ教えていただいています」

「松本光太郎です」

お加乃と光太郎は互いに挨拶を交わした。

「早速ですが、まずは、これを刺身にお願いします」

龍之介は懐からタンポポの葉を出して渡すと、床几《しょうぎ》に腰を下ろした。

「あら、偶然。ちょうど今日はタンポポを使おうと思っていたところだったのよ」

お加乃は光太郎の方をちらっと見た。

「召し上がれますか？」

「はい」

龍之介の隣りに腰を下ろしながら、光太郎は勢いよく答えた。見目麗しい女主を悩ませたくなかったからである。

お加乃は綺麗に洗ったタンポポの葉を皿に盛ると、塩を添えて二人の前に出した。

「お酒も」

お加乃は燗《かん》をつけた酒を飯台《はんだい》に置いた。

龍之介は光太郎の盃に酒を注ぐと、

「タンポポを肴《さかな》にしながら、酒を飲むと、小水（尿）が盛んにでるので、酒毒を溜め込まず、悪酔いしないのです」

箸で摘んだタンポポの葉をぱりぱりと噛んだ。光太郎は倣ったが苦かった。

「初めてでしょう？」

お加乃は同情している。

「初めての方はおひたしなどや天麩羅《てんぷら》がいいのよ。いきなり、これじゃ、可哀想よ」

お加乃は龍之介を軽く睨むと、飯台の向こう側で七輪《しちりん》に油の入った鍋をかけ、火を熾《おこ》した。

「龍之介様のお庭はご覧になりました？」

「ええ。カミツレとかいう、聞き慣れないだけではなく、嗅ぎ慣れない匂いの花が咲いていました」

「龍之介様はね、カミツレなぞの香草を使って、犬や猫だけではなく、人の心や身体の不調を癒すことも、奉行所のお仕事のほかになすっているのよ。ここで、そのお話をすると、皆さん、龍之介様のところへ行かれて治療を受け、〝よくなった、有り難かった〟と大喜びしてくださるの。松本様、ご存じでした？」

「そのようです――」

頷いたものの、光太郎は島崎と堀米屋のお内儀の加療を目にしただけであった。

「生き物は人とは違うので、人の煎じ薬を生き物に与えると、効き目がなかったり、強すぎて、命を落としてしまうことがあります。また、生き物の心は人よりずっと繊細で、薬を無理強いして与えたりした場合、吐き出してしまうこともたびたびでした。生き物に向いた、何かいい薬はないものかと探していたところ、長崎帰りの友人から、南蛮渡来の香草というものがあって、オランダ人などは、肉や魚の臭み消しに使ったり、お茶にして日々飲んでいると聞きました。食事に使えるものなら、煎じ薬より、きっと、効き目も穏やかだろうと思い、早速、何種類か、種を取り寄せて試してみたのです。ですから、当初は生き物用だったのですよ。そのうちに、生き物を連れて治療においでになる方々が、役宅《うち》の門を入られたとたん、よい香りだ、すっと肩が軽くなる、頭痛が治った、気分が晴れるとおっしゃるようになって、薬茶をお出しするようになったのです。どうやら、南蛮香草は生き物にも人にも効くもののようです」

酒の酔いも手伝って、珍しく龍之介は饒舌《じょうぜつ》だった。

「はい、出来ましたよ」

お加乃の拵えたタンポポのつきだしは二品。おひたしは、茹でた葉を胡麻和えにして鰹節《かつおぶし》をかけたもので、きんぴらはあく抜きした茎と根を拍子木に切り揃えて炒め、醤《しょう》油《ゆ》と酒、砂糖で味付けされていた。

驚いたのは花だけを使った天麩羅だったが、見た目は栗のイガのようにこんがりと揚がっていて、口に入れるとさくっとして美味しかった。

「これはいけますね。苦味もだんだん病みついてきました」

光太郎は天麩羅が気に入って、盃を呷りつつ、何度も箸を伸ばした。

花の天麩羅をほおばりながら、

「このまま、タンポポ尽くしでもいいですよ、いけます」

かなり酩酊した光太郎は上機嫌で、皿に残していた生のタンポポの葉まで摘んで口に入れ、

「ほら、この通りですよ、あはは」

大声で笑うと、

「うちはお客様に、身体に障らないよう、楽しく食べて、飲んでいただくのが信条なの。けれど、いくら何でも、タンポポなぞの野草ばかり出していては、お客様に嫌われてしまいますから」

お加乃は苦笑して、タンポポを使わない料理に取りかかった。つきだしと天麩羅の後は、取り立てて、ほかの店と変わらず、旬である鰆の塩焼きや、わかめの酢の物、炊きたてのご飯に、少量の芽シソを散らして塩を振った紫蘇飯《しそめし》、蜆の味噌汁などが出た。

「おっ、シソの新芽ですね。いい香りがします。これもたぶん、身体にいいんでしょうねえ」

「たしか、シソの香りが食欲を増やす上、食当たりの防止になるんだったのよね」

応えたお加乃は龍之介に相づちをもとめた。

「お加乃さんと中原殿は一心同体みたいですね」

光太郎は大袈裟《おおげさ》に感心した。すべては酔いのなせる業である。

「そんな――」

お加乃は顔を赤らめ、中原は顔を下に向けた。

そのうちに、光太郎は紫蘇飯の入った飯茶碗と箸を手にして、座ったまま船を漕ぎ始めた。

「あらあら、眠ってしまったわ」

「仕様がないなあ」

龍之介は光太郎の手から飯茶碗と箸を取り上げると、

「手伝ってくださいますか」

お加乃に声をかけて、

「はい、はい」

お加乃と二人で光太郎の大きな身体を小上がりへと運んだ。

「しばらくして酔いが醒めれば起きるでしょう」

龍之介は床几に腰掛け直して、お加乃と向かい合いつつ、再び盃を傾け始めた。

「珍しいわね。奉行所の方を連れてくるなんて。初めてじゃないの」

「そうでしたか」

「そうよ。いつもは、一人でぶらっと入って来て、野草とお酒を楽しんで帰るじゃない」

「今まで、定中役はわたし一人だけでしたからね」

「仲間ができて、龍之介様はうれしそうですよ」

「たとえ、わたしがそうでも、松本殿はどう思っているかわかりません。何しろ、閑職を通り越して、疫病神扱いされているお役ですから」

「あの方、どうして、龍之介様のところへ来たの？」

龍之介はおおよその経緯《いきさつ》を話して聞かせた。

「それで、龍之介様、松本様に責任を感じてるのね」

「わたしとさえ、出くわさなければ、厠同心と呼ばれるようにはならなかったわけです」

龍之介は真顔である。

「あなたはいつも言ってるように、ないがしろにしたくない命を守っただけでしょう」

「たしかにそうなのですが」

「でも、仏像泥棒を追いかけたのは、松本様ご本人でしょう。松本様もそれは承知のはず。龍之介様、相変わらず、生き物や草木だけではなく、誰にでも優しいのね」

お加乃は龍之介に気取られないよう、うつむいて、ふっと小さな吐息を洩らした。


光太郎は朝日が眩しいと感じて目を覚ました。役宅の布団の上に寝ている。袴を脱いで浴衣に着替えさせられていた。足も綺麗に拭いてある。

タンポポ料理のおかげか、気のせいか深酒をしたはずなのに身体が軽い。

「光ちゃん、大丈夫？　気分、悪くない？」

おたいが顔を覗かせた。

「昨日は中原様がお送りくださったのよ。醒めそうにないからって、へべれけの光ちゃんを引きずるようにして――」

ああ、そうだった、中原に酒を誘われたんだと光太郎は昨夜のことをはっきりと思い出した。

「今、何時だ？」

「明け五ツはとっく――」

「行かなければ」

飛び起きた光太郎は急いで身支度を調えた。顔を洗い、房楊子《ふさようじ》を使ったが、髪結いは間に合わないので、おたいに撫でつけさせた。

「今日も中原様？」

「当たり前だ」

怒鳴るように言い捨てて、光太郎は役宅を出た。

〝何がどうなっているのか、まだ、よくわからないけど、このところ、ずっと萎んでた光ちゃん、珍しく活き活きしてる。これ、きっと、いいことなんだわ〟

おたいは神棚に向かって手を合わせた。昨夜、光太郎の帰りが遅かった時も、心配でならず、拝み続けていたおたいであった。

光太郎は亀島川へとやみくもに走った。

〝あの人と一緒にいると、今までとは違った見方、聞き方を体験させられる。たいていは腹立たしいが、時に面白い〟

七

〝医者・よろず〟の木札の門を入ってすぐの松の木に、狼に似た顔の杉之介がつながれていた。

〝怖面《こわもて》の杉之介がここに居るということは、中原殿はもう、お出かけなのだろうか〟

「よおっ」

光太郎が声をかけると、すぐに尻尾を振って、じゃれかかろうとした杉之介だったが、何か思い出すことでもあったらしく、わんと大きく一吠えして、尻尾を勢いよく振り続けている。

「そんなに気にせんでも、俺はおまえに脅されてるなんて思っちゃいないよ」

杉之介に話しかけた光太郎は、

〝たしかに中原殿のおっしゃるとおり、生き物の心は繊細なものだな〟

犬の頭を撫でた。

「おはようございます」

龍之介が玄関から出てきた。袴を着けて出かける身支度ができている。

顔中皺だらけの老婆を伴っていた。白髪を束ねただけの老婆は腰も曲がっていて、光太郎には、民話の〝舌切り雀〟に出てくる、強突張りの欲深婆さんそのものに見えた。

〝手にしているのが、目ざるのカミツレではなく、鋏だったらどんぴしゃだ〟

〝舌切り雀〟の悪い婆さんは、糊を舐めた雀の舌を鋏で切り落とすという、残酷極まる悪行を働くのである。

「じゃあね、おときさん、これを朝昼晩、ご飯の先でも後でもいいから、煎じて必ず飲むんですよ。めんどうだからと止めてはだめです。いいですね。それから、このカミツレはまだまだ咲き続けますから、足りなくなったら、また、ここへ摘みに来てくださいい。遠慮はいりません」

龍之介は老婆に親切だった。

〝まてよ、おときといえば桝次の言ってた猫婆のことじゃないのか〟

これが噂の猫婆かと、光太郎はおときをまじまじとながめた。

「それじゃ、先生。ありがとうごぜえました。そいから、ここんとこ、うちのがここへ来てやしませんか」

「シロなら時々、遊びに来てくれますが、毎日というわけじゃありません。可愛いので居着いてくれてもいいと思っているのですが――」

「ありゃあ、先生、シロじゃありやせん、タマって名です。捨てられて、ぴいぴい鳴いてる、痩せっぴいの仔猫に、あたしがタマと名づけたんです。タマは一緒に捨てられてた兄弟たちの中でも一番痩せててね、目が開くのも遅くて、育たねえかもしんねえと思ったんで、一番いい名をつけたんですよ。たしかに、何をやらかしてきたかわかんねえが、火箸を当てられたような傷をこさえてきた時は、たいそう、お世話になりやしたが、あれはあれ、タマはうちの猫です。こいつを忘れねえでくだせえ」

猫婆のおときは龍之介をじろりと睨んで、念を押すように言った。

「わかってます、わかってます」

龍之介は苦笑まじりにおときを見送った。

「人間が出来てますね、中原殿は」

光太郎は呆れた。

「どうせ、中原殿は猫婆から治療代なぞ、取っちゃいないでしょう？　猫婆は只で飼い猫を診てもらってるんだから、ここへは足を向けて寝れないはずですよ。猫の一匹ぐらいくれても罰は当たりません。それをあの物言いですからね。わたしならむっとして、もう、診てやらないと怒鳴るところです」

「それだけ、おときさんの猫への愛情が深いということです。わたしは感心しました。ただ気になったことが幾つかあります」

〝猫と猫婆のことだもの、気になったことと言っても、どうせ、タカが知れてるんだろうけど――〟

「何です？」

光太郎は訊かずにはいられなかった。

「シロはおときさんのところにも居ず、うちにも来ていない時、いったい、どこで何をしているのかと――」

「そりゃあ――」

続けかけて光太郎は詰まった。

〝おたいでもここに居りゃあ、小判を返して恩返しをしてるんだとか、寺で居眠り住職の代わりに、説教をしてるんだとか言いだすんだろうが――〟

猫が人語を話して、人間のはかりしれない、もう一つの世界を生きているという奇談は、昔からあちこちで語り継がれてきたもので、この手の話に目がないおたいは、熱心に収集している。

〝とはいえ、中原殿は石垣の枯れない花の謎を見破ったお方だ。今更、猫がしゃべる

なんて、そんな埒もない話をお聞かせできない——〃

するとと、龍之介は、

「猫は家に居着くものだと言いますが、中には、シロ、いや、タマのように、旺盛な冒険心ゆえにいろいろな場所へ、出没する猫も居るものなのでしょうね。古来から言われてきた人の言葉を話す猫の最後は、たいていが行方知れずになって戻ってきません。ですから、あれは、案外、放浪癖のある猫のことなのかもしれません」

やはり、理の通った話をして、

「そろそろ、出ましょう。今から伺えば、堀米屋は本八丁堀ですから、丁度店を開けた頃でしょう」

門に向かって踏み出した。

後を追うように杉之介が、くうんと悲しげに啼くと、背中を撫でて、

「あなたには留守番という大切なお役目があるでしょう」

まるで、人に向かって話すように諭した。

道すがら、

「案じられることがまだ、おありだったのでは？」

光太郎は訊いた。たとえ猫と猫婆のことであっても、龍之介の話は興味深いものが

ある。

「おときさんの具合です」

〝そういえば、猫婆は加減が悪くて来ていたっけ〟

「あの人に心が萎えることなんて、あるんでしょうか」

「このところ、眠れないそうです」

「タマが帰ってこないので案じたのでは？」

「まあ、そうかもしれません」

「それ以外に何かあるとでも？」

「おときさんは怯《おび》えているように見受けられました」

「あの猫婆が誰に怯えるっていうんです？」

「わかりません」

二人が横丁を曲がると堀米屋が見えてきた。

番頭の重助は店先で客の相手をしていた。

「ご主人にお目にかかりたいのですが」

「何か――」

重助は不安そうに龍之介を見た。それには応えず、

「お内儀さんは？」

「あまり、よくございません」

「こうして参ったのは、やはり、ご主人に身籠もられていることを、お話しするべきだと思ってのことです」

「よかった」

重助はほっと胸を撫で下ろした。

「気がついておられましたか」

「お内儀さんは、どうしても、お医者様に診てもらうのが嫌だとおっしゃいますし、気分の悪いご様子が母の悪阻《つわり》の時に似ていたので。とはいえ、男のわたしが口にするのは、憚《はばか》られることだと思いまして、今まで、黙っていたのです」

この後、二人は、堀米屋の主利左衛門と桜の見える客間で向かい合った。挨拶が終わると、

「これはよくいらっしゃいました。昨日、島崎様より大五のことをお願いした上、お槙までお世話になりました」

堀米屋の主は深々と頭を下げた。

「奉行所の方は、菊池様とおっしゃる方がかけつけておいででした。けれども、これ

という手がかりはないご様子で――」

利左衛門は眉を寄せた。年の頃は四十をゆうに超えている。人の良さそうな丸い鼻と目の持ち主で、ころころとよく肥えている。ただし、普段は色艶もいいはずの顔が、いなくなった息子を案じているせいか、青黒く疲れきって見える。

「大五がいなくなってからもう三日、今、どこでどんな思いをしているかと思うと、気が気ではありません」

そこで、利左衛門はごほん、ごほんと重い咳をした。

「ここのところ、喘息に悩まされておりまして。どうもこの座敷に来るといけません」

龍之介は利左衛門の咳の止まるのを待った。

「年番与力の島崎様からの命で参りましたので、多少、立ち入ったお話をお訊きすることになるかもしれません」

「はい、何なりと」

利左衛門は姿勢を正した。

「これはご子息のことと直接、関わってはいないのですが」

龍之介はお槙が身重であると切り出した。

「本当でございますか」

利左衛門の目が喜色で染まった。

「そろそろ三月《みつき》にはなろうかと。しかし、お内儀さんは言い出せずにおられました」

「それはまた、どうしてでございましょう？」

首をかしげた主に、龍之介はお槙が話していた、店の者たちの冷たい視線と届けられてきた脅しの文について説明した。

「そんな馬鹿な」

興奮した利左衛門はまた、咳込み始めた。

「それでは、まるで、店の者の誰かが、大五を拐かし、お槙のせいにしているという話になるではありませんか」

「お内儀さんはそのように疑われて、深い心労に囚われているのです」

「あり得ません。お槙を後妻に迎えた時、奉公人からお内儀が出たということで、店の者たちは、どれほど喜んでくれたかしれないのです。お槙も祝言の衣装に一針ずつ、刺してほしいと皆に頼んだほどで――」

利左衛門の咳はさらに重くなった。

第四章　猫始末

一

「重助、重助」

利左衛門は重助を呼んで、薬を煎じてくるように言い、

「どうも、このところ、薬が効かぬのですが、飲まぬよりはよいかと」

苦しげに額の脂汗を手で拭った。

「薬は何をお飲みですか」

「大柴胡《だいさいこ》湯合半夏《とうごうはんげ》厚朴湯《こうぼくとう》、わたしのように肥えた者向きの咳止めの薬です」

この薬は、五臓六腑を健やかに調え、去痰効果のある半夏《はんげ》（カラスビシャク）の塊茎で、辛い咳を止める。

「薬の効き目は気の持ちようによっても、異なるものです。いかがでしょう。たまには薬を変えられてみては？」

「突然、そうおっしゃられても、今、ここにあるのは、大柴胡湯合半夏厚朴湯だけです」

利左衛門は当惑している。

「そうとばかりは限りません」

龍之介は立ち上がって、

「庭に出たいのですが、よろしいでしょうか」

「それはかまいませんが――」

利左衛門は訝しげな目をした。

「重助、重助、こちらへお二人のお履きものをお回ししておくれ」

「小半刻《こはんとき》（約三〇分）ほど、時をください。必ず、別の薬を見つけて参ります。それまでくれぐれも、今ある薬をお飲みにならないように――」

こうして、龍之介と光太郎は庭に降りた。

「綺麗な桜ですね」

客間の前の桜は、ほぼ満開である。太い幹についた花の様子は、まるで天女があかね雲に身を変えて、舞い降りてきたかのように見える。

光太郎は見惚れていたが、龍之介の目は桜ではなく、土の上を彷徨《さまよ》っている。

「ここまで、きちんとした庭だと、庭木以外はなかなか見当たりませんね」

「まさか、桜が喘息に効くなんてことないでしょうね」

光太郎はまだ、桜を見上げている。

「そうでもありません。野生のヤマザクラの皮を剝がし、干して煎じると、咳を鎮め痰を取り除く薬効がありますから。けれども、ここのは、どう見ても、野生種ではなさそうです」

龍之介は裏庭へと足を向けた。

客間から見える庭と異なり、それほどは手入れが行き届いていない。

「ありました、ありました」

龍之介はうれしそうな声を上げた。

「野の花もすみれやれんげなんかだと可愛いですけど――」

光太郎は屈み込んでいる龍之介の手元を覗きこんだ。

「たしかに雑草ですね」

「雑草ではありませんよ。もともと、雑草なんてものはありません。皆、名前があるんです。これはオオバコです」

オオバコは大きくて広い葉を青々と茂らせている。

「これ、ちょっと踏んでごらんなさい」

「へえ、いいんですか。タンポポの時には、踏まれたままにしておくのを躊躇《ためら》ったじやないですか」

「オオバコはタンポポとは違います。オオバコは踏まれると種が弾けて水にぬれて粘り、草履や下駄、大八車の輪などに付いて、他所《よそ》へ運ばれて芽吹くのです。あなたの役宅でもオオバコを育ててみたらいかがでしょう?」

「これですか。花などくたびれた糸くずみたいじゃないですか。こんなものを植えてもねえ——」

おたいは喜ぶはずがない。

「タンポポ同様、若菜を茹でて和えると、お浸しになりますし、生のまま揚げた天麩羅は美味いですよ」

タンポポ料理が刺身以外、意外に美味かったことを思い出した光太郎は、オオバコを踏むことにした。

「どうせ、これが喘息に効くんでしょう?」

そうでなければ、主を待たせてまで、龍之介がオオバコを引き抜いているわけがなかった。

「その通りです」

取り終わった龍之介は、オオバコを束にした。

「先ほどから、一つ、気になっていることがあるのです」

龍之介の目はぽつぽつと咲き始めた、黄色い山吹の茂みに向いている。

〝また、草木の効き目の話か〟

光太郎がやや、うんざりしていると、

「あそこですよ、あそこ」

龍之介は山吹と隣り合っている、紫陽花《あじさい》の間の草地を指差した。

「山吹も紫陽花も土が合えば茂るものです。あれを見てご覧なさい」

光太郎は龍之介が目を転じた方向を見た。山吹と紫陽花が重なるようにして茂っている。

「たしかにそうですね」

「ですから、あそこだけ、草しか生えていないのはおかしなものです」

〝それはそうだが〟

だから何だというのだと光太郎は思った。龍之介が何を考えついたのか、皆目、見当がつかない。

「主が待っていると思いますが」

「そうでした、そうでした」

あわてて、龍之介はオオバコを手にして、客間の縁先に回ると、

「鍋に湯を沸かしてこれを煎じてください」

控えていた重助に渡した。

しばらくして、重助はオオバコの青い汁を湯呑みに入れて運んできた。

「どうぞ」

龍之介は主に勧めた。

利左衛門は少しの間、躊躇していたが、龍之介のえくぼに促されて、

「それでは」

飲み終わった利左衛門は、

「何とも――」

青臭い苦味で口をへの字に結んだ。

「少し横になられていてください」

龍之介の言う通りにしていると、半刻（約一時間）すぎても、咳の発作は出なかった。

「世に埋もれた特効薬ですな」

起き上がった利左衛門は、ほっと息をついて、龍之介に笑いかけた。

「おかげで楽になりました」

「旦那様、茶菓でもお持ちしましょうか」

重助が気を利かせると、

「そうだな。長命寺の桜餅が届いている頃だろうから」

甘党らしい利左衛門は目を細めた。

桜餅と茶が運ばれてくると、

「どうぞ、どうぞ」

光太郎たちに勧めながら舌鼓《したつづみ》を打って、

「とにかく、わたしは桜と名のつくものに目がないんですよ。長命寺の桜餅など三日にあげず、届けさせています。桜ときたら、初々しく、気品があって可愛らしく、女で例えるなら、番茶も出花の小町娘ですよ。ここは元は前妻の部屋だったんですが、亡くなった後、それまで花のつきが悪かった桜が、どうした変わりようか、見事な花を咲かせるようになったんです。そうなると、ここを空き部屋にしておくのは、何とも、勿体《もったい》なくてね。皆様に自慢したくて、とうとう客間にしてしまったんです」

「驚きました。以前、この桜の木の花がみすぼらしかったなんて、思いもつきません。何か特別なことでもあったのでしょうか」

「これはあまり思い出したくない話なのですが」

「そうおっしゃられると、ますます聞きたくなりますね」

龍之介はえくぼを作り、光太郎は膝を乗り出した。

「明日をもしれないと医者に言われつつ、妻は三月ほどながらえました。その間、いつの頃からだったか、いよいよ、死神が迎えにきたと言い始めたんです。眠ると連れて行かれてしまうから、眠らずにいると言い張って、薬を飲ませるのが大変でした。おそらく、病が重くなりすぎて、心まで患っていたのでしょう」

「亡くなられたお内儀さんに、死神が来たという証はおありだったのでしょうか？」

「夜中、たいそう庭が騒がしいことがあったと——。あれは死神たちが桜の木の下で、宴を催しているのだと言うのです」

「本当に騒がしかったのですか？」

「いいえ。誰も物音など聞いてはおりませんでした。ですから、この話は妻の気の迷いだと思うことにしたのです。ただ、妻が亡くなった翌年から、桜の花が増え始めて、時々、ふっと、死神の話を思い出すのです。花が見事になっていくのが、死神のせいだと思うと、あまり楽しい気はしませんが——。どなたかに申し上げるのも今が初めてです」

「見事な桜は、やはり、死神のせいかもしれません」

龍之介はまた立ち上がった。都合のいいことに、雪駄は縁先にある。光太郎はほおばっていた桜餅を、急いで呑み込んで従った。

「ご主人、鍬《くわ》を二挺《ちょう》ここへお持ちいただけませんか」

「今度は鍬ですか」

利左衛門は重助に鍬二挺を運んでこさせた。

「いったい、どうなさろうというのです？」

「この桜の木の下を掘るのです。これで、亡くなったお内儀さんのおっしゃっていたことが、本当だったとわかるはずです」

龍之介は、

「さあ」

と光太郎を促して、桜の木の根元に鍬の刃先を入れた。龍之介と光太郎は向かい合って、土中深く掘り進んでいく。

「しかし、死神が埋まっているとは――」

利左衛門は、緊張した面持ちで二人を見つめていた。

二

「中原殿、これ――」

光太郎が声を上げて指差した。

「死神が出てきたようですね」

龍之介も手を止めて、光太郎の指差した先を覗き込んだ。

暗い土の中に髑髏《どくろ》が見えた。骸骨の上半身が濃茶の縦縞の着物を纏《まと》っていた。だが、不思議なことに、下半分はほとんどぼろ同然で、かろうじて、縞模様とわかる。

「ひ、人の骨ですよね」

光太郎は掠れ声になった。もとより、このような形の人骨を見たのは初めてである。

「ええ」

龍之介は落ち着いている。

「南無阿弥陀仏」

穴に向かって丁寧に手を合わせた。あわてて光太郎も倣った。

「ひーっ、息が、息ができない」

利左衛門が胸を押さえて屈みこんだ。

「大五、大五では――」

「気を確かにお持ちなさい」

龍之介は大声を上げて、

「これがここのご子息のわけがありません。人は骸《むくろ》になった後、三日かそこらで骨になるものではないからです。ですから、これがご子息のはずなどないのです。どうか、落ち着いてください」

諭し、

「さあ、ゆっくり息を吸って、これはご子息ではないと唱えてみるのです」

利左衛門を促した。

重助に支えられて立ち上がった利左衛門は、すーふーはーと呼吸を繰り返して、

「これは大五ではない、大五ではない」

呟き続けた後、龍之介たちのそばに降りてくると、穴の中の骨を覗き込んで、

「たしかに先生のおっしゃる通りでした。こんなにすぐに人は骨になるわけがない。ただし、これはうちの奉公人です。残っている着物の縞模様と色が、堀米屋のお仕着

せだからです。これが何よりの証ですが、どうして、このような無残な姿になったのか――」

ぞっと身震いした。

「その奉公人に心当たりはありませんか」

「さて、お仕着せだけではどうにも見当がつきません。下働きの者たちは始終、顔ぶれが変わりますしね」

「先のお内儀さんの病が重篤だった頃、死神騒動のほかに、何か変わったことはなかったでしょうか」

「ああ」

利左衛門は一つ、大きなため息をついて、

「これが大五でなかったことだけでもよかったのだ。だから、もう、隠し立てはするまい」

独り言を洩らすと、

「実は蔵に泥棒が入って、千両箱を一つ盗まれました。その時に手代の由吉《よしきち》という者がいなくなったので、手引きをしたのは由吉だと思いましたが、奉行所には届けませんでした。泥棒となるとお役人にいろいろ訊かれます。近所の噂にもなります。それが厄介でしたし、病気の妻に煩わしい思いをさせたくなかったんです」

「泥棒の仲間がお仕着せを着ているわけがありませんから、これはその由吉という者に違いありません」

龍之介は朽ちかけている、縞模様のお仕着せを纏って、横たわっている人骨を見下ろしている。

「蔵にあったのは千両箱だけですか？」

さらに訊ねた。

「いいえ、金の仏像とか、利休の作といわれる茶碗、李朝の壺、ほかにいろいろ珍しいものをしまっています」

「由吉という者はどのくらいここに奉公していたのです？」

今度は光太郎が訊ねた。

「一年はおりました」

「手引きの者を目当ての店に奉公させて、押し込みをするのは、かなり、遠大な計画ですし、泥棒の仲間も沢山いたはずです。たしかに千両箱は値打ちものでしょうが、それだけ盗まれたというのは、いささか腑に落ちませんが――」

そう言いつつ、龍之介は、

「今から骨を出します」

光太郎に手伝わせて穴から骨を引き上げることにした。

〝中原殿は案外、人使いが荒い〟

光太郎は思った。

「旦那様、少し、お休みになった方が――見ているとお身体に障ります」

「そうだな。たしかに気味のいい代物ではない」

重助の言葉に従い、利左衛門は客間へと戻った。

光太郎が穴に降りて、骨を抱えて地上に出すことになった。

〝こんな仕事までするとは、考えてもみなかった〟

気の進むはずもなかったが、とりあえずはやるしかない仕事であった。

「ばらばらになったり、砕いたりしないよう気をつけてください」

重助が筵《むしろ》を持ってきてくれた。その上に骨になった骸を寝かせると、龍之介はそっとお仕着せを脱がせて、仔細に骨を調べ始めた。頭蓋骨、項椎《こうつい》（頸骨）、胸骨、膊骨《はくこつ》（上腕骨）、髀骨《ひこつ》（大腿骨）などに分けて、几帳面に並べ替えたところで、

「いったい、何を見つけようとしているのです？」

光太郎の問いには応えず、

「すぐに、番屋に報せるよう店の人に伝えてください。菊池殿においで願うのです。その際、くれぐれも、桝次にも一緒に来てもらうよう——」

と龍之介は命じた。

〝よく見つけたなんて褒められることなんてない、どうせ、また、菊池殿に嫌味をたらたら言われるだけだろうに〟

光太郎は引き続き、楽しい気分とはほど遠かった。

半刻ほど過ぎて、菊池基次郎たちが堀米屋の裏木戸を潜った。緊張で固まりかけている宇野又左衛門を引きつれている。桝次の前に顔が見えた光太郎は、むっとして顔を引き攣《つ》らせた。

「中原殿、また、厄介なことをなさってくださったものですね」

菊池は筵の上の骸をちらっと見て、形だけ手を合わせた。

「近くで手を合わせて来い」

菊池に声を掛けられた宇野は、

「は、はい」

恐る恐る骸に近づいたが、合わせた手が震えている。

「そんなこっちゃ、定町は務まらねえぞ」

「す、すみません」

「まあ、いいや。今まで内役の仕事だったんだから、少しは大目に見ることにしよう」

「ありがとうございます、ありがとうございます」

宇野は何度も菊池に頭を垂れた。

「宇野殿は、御出座御帳掛のお役目ではなかったでしょうか？」

龍之介の問いに、

「そこにいる虚《うつ》けが定町をしくじったんで、空きができたんだ。ここの倅が神隠しに遭ったんで、定町も臨時も捜すのに大わらわだったからね、人手が必要だったんだ。でも、まあ、今はまだ見習いだ。俺がよしと言わなきゃ、正式の定町にはしないってことで、引き回して様子を見てる」

宇野ではなく菊池が答えた。

〝俺への当てつけで又左を見習いにするとは、なんて嫌な奴なんだ、菊池って奴は。又左も又左だ。こんな時に尻尾を振って替わろうとするなんて。子どもの頃、助けてやった恩は忘れたのか――〟

光太郎は憤懣《ふんまん》やる方なかった。

「あの穴は松本、おまえが掘ったんだろう？」

菊池は光太郎へのいたぶりを止めなかった。

「大いに頼みになりましたよ。松本殿は力があるだけではなく、扱いが慎重でした。おかげで骨も無事あのように――」

今度は笑顔の龍之介が光太郎に代わった。

〝中原殿は褒めてくれているのかもしれないが、穴掘りごときで褒められたくなどない〟

光太郎が唇を噛むと、

「よかったな、松本、定中役の上役に褒められて。たとえ、穴掘りとはいえ取り柄があるのは何よりだ」

菊池は追い打ちをかけた。

この間、桝次は筵のそばにしゃがみこみ、竹串を手にして、骨に付いた土を落としながら調べていた。

「何で死んだかわかったか？」

菊池が声を荒らげて、

「ぐずぐずするなよ」

せっつくと、

「これでやすね」

桝次は左髀骨を手にして立ち上がり、

「ここに大きな傷がありやす」

髀骨の上部についた傷を示した。

頷いた龍之介は、

「やはり、わたしが思った通り、足を刺されて血が流れ過ぎて死んだのだな。着物の下の方があまり残っていなかったのも、ぐっしょり血が染みて、土の中で腐りやすかったからだろう」

と言い切った。

すると菊池は、

「言ってくれるじゃないか。犬猫相手だか何だかよくわからん医業の内職に、日々、精を出してる廁同心が。だが、人と犬猫は違うぞ。おい、桝次、おまえはどう思うか」

「たぶん」

桝次は小さな声で答えた。

「まあ、俺は厠同心ではなく、自分が手札を渡している桝次を信じる」

菊池らしい物言いをした。

三

この後、菊池は利左衛門から、骨は由吉だという話を聞いて、

「手引きした由吉は、仲間に裏切られて殺されて埋められたに違いない」

勝手に得心した。そして、

「今頃、仲間は上方にでも行って、千両箱の中身で左団扇《ひだりうちわ》だろう。もはや、我らの手の届くところではない」

筵に包んだ骸を控えていた小者に担がせると、

「中原殿、どうせ、見つけるんなら、こんなおぞましいもんじゃなく、ここの若旦那を生きたまま見つけるんだ。ったく、これじゃ、何の手柄にもなりゃしない」

不満を洩らして帰って行った。

桝次は後始末がありやすからと言って残った。

「何か聞かせたい話があるようだが」

「旦那こそ、聞きたい話があるんじゃ、ないんですかい？」

「あの髑髏の傷のことだが、少々、穴が広すぎやしないか？」

「さすが旦那だ。やっぱりお気がつきやしたか——」

桝次の目が光った。

「匕首《あいくち》などの刃物では、あんな痕はできないと思う」

「刃物はありやせんでしたし、匕首や出刃でやられたとは限りやせんよ」

「ほかに傷を負う理由は？」

「転んだ弾みで運悪く、尖った石なんぞが刺さったらああなるんじゃねえですか」

「なるほど」

龍之介はあたりを見回した。尖った石は見当たらない。

「じゃあ、あっしはこれで」

桝次が行きかけると、

「千両箱が見たくはないか？」

龍之介に呼び止められた。

「そりゃあ、一度は拝んでみたい代物ですがね」

桝次は龍之介の真意を測りかねた。

「それじゃあ、見せてやろう」

龍之介は鍬を拾い上げると、裏庭へと歩いて行く。

〝いったい全体、どうなってるんだ〟

もう一挺の鍬を摑んで光太郎は後についた。

「どうなってるんですかい？」

桝次もついてきたが、

「わかるわけがないだろう」

ぶすりと光太郎は答えた。

「ここを掘りましょう」

龍之介は山吹と紫陽花の間の草地に立った。

光太郎が鍬の刃先でシダを剝がしかかると、

「なあに、これぐれえ、あっし一人で充分でさ」

桝次は龍之介の手から鍬を取り上げて、掘り始めた。慣れているのか、鍬の扱いが上手く深掘りが早い。

がちんと音がして、桝次の手が止まった。

「蓋のようですぜ」

千両箱の錆びた蓋が見えた。

「こりゃあ、驚いた」

桝次は目を丸くした。

「本当にあったんですね」

「どうして、ここにあるとわかったのです？」

光太郎は訊かずにはいられなかった。

「草木は土次第。桜の木がよい花をつけるようになったのは、骸が土を肥えさせたからですが、この場所に山吹や紫陽花が根を伸ばせなかったのは、こんなものが埋まって邪魔をしていたからです」

〝たいしたものだ〟

光太郎が感心していると、

「よいしょっと」

桝次が取っ手を掴んで持ち上げようとした。

「ちょっと待ってください」

龍之介は屈んで穴の千両箱に手を伸ばした。

「何かあったんですか」

光太郎の言葉に、

「これです」

龍之介はぼろぼろの守り袋を手に取ると、そっと中に入っている守り札を取り出した。

「はっきりとはしませんが、千束稲荷《せんぞくいなり》と書かれています。千両箱を埋めた者が落としていったものでしょう」

「そいつは由吉を突き飛ばして殺して、金を独り占めしようとした悪者でしょう？お守りなぞ似合わねえや」

「ええ、たしかに」

龍之介は守り札をじっと見て、

「これも血か」

桝次に訊いた。

「いいや、そいつは違いますよ。血だと染みてるはずだが、そうじゃねえ。こりゃあ、紅の跡だね。紅を小指に付けて押してる。持ち主は女ですぜ」

「すると、女が大の男を殺して、庭に骸と千両箱を隠したっていうんですか」

光太郎は目を剝いた。

「わかりやせんね」

桝次はうーんと腕組みした。

「まずは利左衛門さんに、千両箱が見つかったことを話し、昔、尖った大きな石がこの家の庭にあったかどうか、訊かなければなりませんね」

光太郎は客間の縁先へ行き、声をかけた。

話を聞いた利左衛門は、

「あの時の千両箱が――」

一瞬、喜んだものの、

「しかし、千両箱が見つかっても大五が見つからないのなら仕様がない」

すぐに笑顔が消えた。

例の石については、

「ええ、たしかにございました。御影石の一種でございまして、古い武家に伝わるたいそう由緒あるものと、先代の父がつきあいのある石屋から吹き込まれ、目の玉が飛び出るほどの値で買わされたものでした。尖っているところのあるのが、刀の刃先に似て、武運に恵まれるのだそうです。わたしどもは商人《あきんど》でございますゆえ、武運などどうでもよかったのですが、父は越えられない身分の切なさで、武家に関わる、高価なものをもとめたのだと思います。御影石として桜の近くに置いておりましたところ、泥棒が千両箱を盗んで行った日にこれもなくなりました。もともと、わたしは好きになれない石でしたし、泥棒は石の価値がわかったのだろうと思い、すぐに諦めがつきました」

と話してくれた。

「じゃあ、今度こそ、あっしはこれで」

桝次と別れた龍之介と光太郎は下谷へ向かった。下谷には利左衛門が囲っていて、近く、重助と夫婦になるおゆいの家があった。

「千束稲荷じゃないのですか」

「もう何年も前のことですからね。稲荷の境内にある店で、お守りをもとめた人のことを覚えてはいないでしょう」

「でも、どうして、おゆいさんのところなんです？」

「おゆいさんは吉原に居ました。吉原から千束稲荷は遠くありません。お守りを貰っていても不思議はないのです」

「でも、その頃はもう囲い者になっていたはずですよ。どうして、そんなことをする必要があるんです？」

光太郎は目尻に皺が目立つおゆいの、柔らかで気品のある応対ぶりを思い出し、

〝あんなよい人がそんな恐ろしいことをするものか〝

信じたくなかった。

「囲い者でいることが嫌なら、話は別でしょう」

それから、おゆいの家に着くまで、龍之介は一言も話さなかった。

「また、おいでくだすったのですね」

変わらずおゆいは穏やかな笑みを浮かべ、戸口に立って二人を迎えた。

「お内儀さん、いかがですか？」

ふっと眉を寄せたおゆいは、お槙のことをまた、口にした。

〝少し、気にしすぎるんじゃないか〝

光太郎はふと、不安になって、

〝いい人に見えるけれど、人を殺めて、千両箱を隠したのだとしたら、跡取りの大五をどうにかすることだって考えつくだろう〝

知らずと、おゆいの顔から目を逸らしていた。

「お内儀さんもご主人も、戻らないご子息を案じておられます」

「そうでしょうね。何より、お辛いことですもの」

おゆいは目を伏せた。

「今日は折り入って、お話があってまいりました。お茶は遠慮させていただきます」

「わかりました」

二人は客間でおゆいと向かい合った。

「見ていただきたいものがあります」

龍之介は袂を探って、薄汚れた千束稲荷のお守りを出して、おゆいに見せた。

「これに心当たりはありませんか？」

四

「どうして、わたしにお訊ねになるのです？」

おゆいの目は紅の跡に注がれている。

「実は――」

龍之介は堀米屋の桜の木の下の骸と、裏庭の草地に埋められていた千両箱の話をした。

「まあ、そんな恐ろしいことが」

おゆいは青ざめて絶句した。

「ついては、これが千両箱の上に落ちていたのです」

「そうでしたか」

ふうと息を吐いたおゆいは、

「たしかにそのお守りはわたしのものです。人を殺めて桜の木の下に埋め、千両箱はいつか掘り出そうと裏庭に隠しました」

〝本当だったのか〟

光太郎はおゆいの急に表情のなくなった白い顔を凝視した。

「あなたはその頃、もう、ここに?」

「いいえ。旦那様に身請けされる前のことです。わたしの働いていた吉原の店に、旦那様のところの奉公人が通ってきていたのです。わたしはその人と言い交わしていました。その人が千束稲荷へ出向き、二枚守り札を頂いてきて、わたしが小指に紅を付け、守り札に押しつけて、互いに持っていることにしたのです。いつか祝言を挙げて所帯を持つまで――」

「堀米屋の蔵にある千両箱の話を聞いたのは、その相手からですね」

「はい。旦那様に身請けされると決まって、何とか二人で逃げようと考えたのです」

「その日は吉原からここまで歩いてきたのですね」

「ええ。すでに身請け料は、店に納まっていましたから、わたしはもう、遊女の身ではなく、正々堂々、吉原の大門を抜けることもできたのです」

「そして、堀米屋で蔵の鍵を盗んで待っていた相手と落ち合い、まんまと蔵から千両箱を持ち出したというわけですか」

「おっしゃる通りです」

「なぜ、相手を殺したのです？」

「急にその人が信じられなくなったからです。このまま一緒に逃げても、いつか、捨てられるのではないかと思えてきたんです。そんなことになるのなら、まだ、大店のお妾の方がましのような気がして――。お内儀さんのお具合が悪いとも聞いていましたし、もしもの時は、お内儀になれるかもしれないと算盤《そろばん》を弾《はじ》いたのです」

〝何という計算高い女だったのだろう。女は見かけによらないというが本当だな〟

光太郎はおゆいの顔を見るのも嫌になった。恐ろしいしおぞましい。

「女の身で大の男をどうやって殺しました？」

「店の厨から出刃を持ち出して、隠し持っていました。それを使い、思い切って胸を一突き――」

おゆいは出刃を握りしめて、前へ突き出す仕種をした。

「それはおかしな話だ」

龍之介はじっとおゆいを見つめた。

「骸の傷は刃物でついたものではない」

「そんなことは――」

おゆいは龍之介を睨んだ。

「それでは、話をかえましょう。言い交わしていた相手の名は何というのです？」

「それは――」

おゆいは言葉に詰まった。

「忘れました」

「泥棒まで企てて、一緒に逃げようとしていた相手の名を忘れるとは思えませんが」

すると、おゆいは、

「お茶をいただけば思い出すかもしれません」

厨へと立って行った。

しばらくして、

「松本殿」

はっと気がついた龍之介は、光太郎に声を掛けると、立ち上がって厨へと向かった。厨におゆいの姿はない。廊下の先には茶室がある。二人は茶室へ進んだ。

やはり、茶室におゆいは居た。おゆいの手には懐剣が握られている。座している膝はしっかりと腰紐で縛られていた。

「いけません」

龍之介が大声を出した。

「せめて、母の形見の品で罪を償わせてください」

おゆいは叫んだ。手が震えて、懐剣の刃先が喉元すれすれを泳いでいる。

光太郎はおゆいの背後に回った。素早く、懐剣を握っている右手首をねじ上げた。あっけなく懐剣は畳の上に落ちた。わあとおゆいは畳の上に突っ伏して泣いた。

「よしにしてくれ」

障子が開いたままになっている廊下から声がした。

息を切らした重助が立ち尽くしている。

「俺を庇うのはもういいんだ、おゆい」

真っ青な重助の顔が歪んでいる。

「やはり――」

龍之介に驚いた様子はなかった。

「このおゆいさんがあなたと夫婦になる話をなさった時、ことのほか、うれしそうだったので、もしやとは思っていたのです」

〝まるで気がつかなかったな〟

光太郎は自分の観察眼のなさが情けなかった。

「何もかも包み隠さず、お話しいたします」

この後、重助は客間で龍之介たちと向かい合った。重助の隣りにはおゆいがひっそりと控えている。

「わたしが由吉を桜の木の下に埋め、千両箱を隠したのです」

重助はきっぱりと言い切った。

「その時、守り袋が落ちたのですね。しかし、大事な守り袋を落としたのにどうして、今まで千両箱を掘り出さなかったのでしょう？」

「もう、そんな必要がなくなったからです」

重助は苦く笑った。

「わたしが由吉と一緒に金を盗もうとしたのは、おゆいの身請けの金が欲しかったからです。けれど、その金を手にした時は、もう、おゆいは行方が知れなくなってしまていたのです」

重助の言葉におゆいはうなだれた。

「実家の兄がまた、博打で借金をこしらえ、これを返さなければ、今度こそ、簀巻《すま》きにされると母がわたしを頼ってきて、わたしは支度金のつく店に、急に鞍替《くらが》えするしかなかったのです」

〝身請けが決まっていたのに、千両箱を盗もうと企んだというのは嘘だったのか〟

光太郎はおゆいが悪女でないとわかってほっとした。

「そこで利左衛門さんに見初《みそ》められたのですね」

「はい」

頷いたおゆいは目を伏せた。

「やはり、不思議ですね。千両箱の在処《ありか》がわかっていて掘り出さないというのは」

龍之介は重助を見据えた。

「千両といえば安楽に暮らせる金です。江戸さえ離れれば、商いを始めることだってできます。なぜです？　なぜ、千両箱の目の前で何年も働き続けたのですか？」

「由吉を埋めた後、千両箱を掘り出す機会を狙っていたのは事実です。金をふんだんに使って、人さえ雇えば、おゆいを捜すこともできるんじゃないかとも思いました。

けれど、そんな時、旦那様からここ下谷へ届け物を頼まれました。夢にまでみたおゆいが居ました。驚きました。おゆいは以前にも増して、綺麗になっていましたが、わたしは幽霊でも見たような気がしたんです」

「おゆいさんに打ち明けて、一緒に逃げようとは思わなかったのですか？」

「そうしたいのは山々でしたが、こうも皮肉な遭い方しかできないのは、神様がわたしに与えた罰だと思ったんです。わたしは盗みを働いて、人一人を死なせて埋めた罪の重さを改めて思い知りました。罪を犯したのはわたしだけで、おゆいには一切、関わりのないことです。一緒になるために、千両箱や由吉の話をおゆいにすれば、わたしの罪に巻き込むことになります。それだけはしてはいけないとわたしは思いました。そんなことをしたら、神様はまた、どんな裁きをなさるかわかりません。わたしは、おゆいだけは幸せでいて欲しかったんです。それに、悪事の片棒を担ぐよりは、まだ、お妾の方がどんなにかましか――」

「そんなことありません」

おゆいは涙声で重助の袖にすがった。

「あんたが盗みを思いついたのも、わたしのためでしょう。だから、わたしにも咎はあるのよ。どうして、話してくれなかったの？　話してさえくれたら、二人で罪を分け合えたのに――」

「さっき、おまえが俺の罪を被って、死のうとしているのを見て、思い違いをしていたとわかった。俺はずっと堀米屋で奉公を続けて、おまえを見守っているつもりだったが、思えば、ずいぶん自分勝手な思いこみだった。ようはおまえのそばにいたかっただけなんだ。事の次第をお上に話して、お裁きを受けるべきだった。首を刎《は》ねられるのは俺でなきゃならない」

「あんた」

おゆいは泣き崩れた。

「あんたがいなくなったら、あたしだって生きてはいけない」

五

「首を刎ねられると覚悟なさっているのは、千両箱の盗みゆえですか？　それとも由吉さんのことですか？」

龍之介の問いに、

「両方です」

わかりきったことではないかと、重助は応えた。

「由吉さんが亡くなった時の様子を話してほしいのです。なるべく、くわしく」

「蔵は裏庭の奥にあります。そこから千両箱を運び出して、あの桜の木が見通せるあたりまで来た時、いきなり、由吉が〝ご苦労だったな〟とわたしに言って、匕首で襲いかかってきたのです。躱したわたしが〝何をするんだ〟と言いますと、〝二人で分けるより独り占めした方がいいに決まってる。おまえに声を掛けたのは、信用されていて、鍵の在処を知っていたからだ。こう見えても、俺は上方ではちょいとばかし、名の知れた盗賊の一味だったことがある〟と本性を現してきたのです。わたしは由吉の匕首を躱し続け、揉み合いました。こう見えても、喧嘩は強い方だったんです。わたしは匕首をもぎ取ると、由吉を思いきり、突き飛ばしました。由吉は先代が買われたという、尖って物騒な武運の石にぶつかったんです。石が由吉の左足の付け根から突き出て見えました。もう、どうすることもできませんでした。由吉は〝死にたくない、死にたくない〟と言いながら息絶えたんです」

「それでは、殺したのではなく、自分を守ろうとしての行きがかりではないか」

光太郎は重助を人殺しだと思いたくなかった。

「とはいえ、わたしが由吉に襲いかかられたのは、盗んだ千両箱ゆえですから、盗っ人同士の仲間割れですよ」

　重助は恥じ入っている。

「しかし、あなたは千両箱に手をつけていない」

　何としても光太郎は重助を助けたかった。

「あの時、争う声や物音がしたはずです。それを先のお内儀さんが、〝死神〟とおっしゃったので、重病だったお内儀さんの空耳だということになり、怪しむ者もなく時が過ぎました。けれども、わたしが由吉と二人、千両箱を盗んだのは事実です」

「千両箱は蔵にあって、裏庭から出てきた。千両箱が堀米屋から、一歩も外へ持ち出されていないのも事実ですね」

「それはそうですが」

　重助は当惑気味に龍之介を見た。

「わたしが堀米屋のご主人なら、こう考えます。盗賊の仲間だった由吉は手引きをして、千両箱を盗み出したところを、独り占めしようとした仲間に殺された。仲間は由吉と千両箱を別々の場所に埋めて立ち去ったのだと――」

「しかし、それでは――」

　重助は驚いて目を瞠った。

〝まさか、中原殿――〟

光太郎は龍之介の顔を見守った。

「考えてみれば、千両箱は手つかずでしたし、由吉が骸になったのは自業自得です。重助さん、あなたは、充分、苦しまれた末、罪を償われているように見受けられます。あなたを裁いたのはきっと歳月でしょう。これ以上、裁くのは何の意味もありません。もう、誰も傷つくことはありませんよ。今度こそ、幸せになってください」

龍之介は微笑んだ。

〝えくぼでお目こぼしか〟

光太郎もほっと胸を撫で下ろしていた。

「中原様」

おゆいは目を潤ませた。

「ありがとうございます」

重助とおゆいは深々と頭を下げた。

最後に龍之介は、

「祝言には是非、声をかけてください。それと血に染まった武運の石と、由吉が持っていた匕首、これらは、重助さんが堀米屋のどこかに埋めたのでしょうが、そのままにしてよろしいかと思います。あれを掘り出したところで、利左衛門さんが喜ぶとは思えませんから」

と締め括った。

家に帰った光太郎は、一部始終をおたいに話して聞かせた。

「よかったわねえ、おゆいさんと重助さん」

おたいはぽろぽろと涙をこぼして喜んだ。

〝ほんとはこういう話が、瓦版に載ると、みんなの涙を誘うんだけどな。だけど、駄目。そんなことしたら、今度は光ちゃんの格下げどころじゃおさまらない。重助さんの身が危なくなる。大岡裁きをした中原様だって。あたし、もう、絶対、馬鹿な真似しない――〟

知らずと口を真一文字にきつく結んだおたいに、

「どうした？　歯でも痛いのを我慢してるのか？」

光太郎が案じた。

瓦版に関わる話は禁句である。

「おっかさんのこと思い出してたの」

おたいがおゆいの身の上を聞いて、母およしのことを思わずにはいられなかったのも、事実であった。

「うちのおっかさん、恋しくなったんだろう？」

「おっかさんってね、おゆいさんみたいな立場だったんだって」

おたいがおよしのことを打ち明ける気になったのは、光太郎がおゆいに対し、終始一貫して、温かい目を向けていたとわかったからであった。

〝それに瓦版のことと、おっかさんのこと、二つも秘密を抱えるのは、あたしにはとうてい無理〟

「世間では囲い者というだけで冷たい目を向けるが、人それぞれだよ。おゆいさんみたいないい人が咎人だなんて、俺にはとうてい信じられなかった。そうじゃなくて、本当によかったよ」

光太郎はそうおゆいを評したのである。

おたいは本好きの旦那の遺言で、およしが草双紙屋を始めた話をした。

「おっかさんにも、おゆいさんみたいな悩み、あったのかな」

「そんなのないんじゃないか。おたいのおっかさんには、死んだおたいのおとっつぁんが、一番だったんだと思う。そうじゃなきゃ、幾ら遺言だからって、言われた通りに草双紙屋を開くもんか。あの通り、綺麗な人だから、ほかに楽な商いだってあったんだろうし」

「そうか、それならうれしい」

おたいは光太郎に飛びついて、

「光ちゃん、大好き」

「そうか、そうか」

光太郎も力いっぱいおたいを抱きしめた。

光太郎の腕の中でおたいは、

〝光ちゃんの目、今日は輝いてる。男ぶりが上がったみたい〟

うっとりと亭主の顔をながめた。


翌朝、光太郎が龍之介の役宅を訪れると、すでに先客があった。桝次である。

挨拶を済ませると、

「こいつときたら、今日は俺より早くてね」

縁側で寝そべっている白い猫を指差した。

「別嬪《べっぴん》だが、俺には愛想が悪い」

龍之介がシロと呼んでいるタマは、桝次の方を睨んで、にゃーっと威嚇するように鳴いた。

「どれどれ」

光太郎は猫に限らず、生き物に好かれる。近づいて背中に触ると、

「にゃーお、にゃーお、にゃん」

甘える鳴き声になった。抱いてくれという無心である。

「わかった、わかった」

光太郎はシロを膝に抱いて、桝次の隣りに座った。

「昨日の骨の顚末は、早速、中原の旦那から聞きやしたよ。よかった、重助もおゆいも。旦那の言うとおり、咎人なんて無理にこさえるこたあねえんですから」

〝中原殿と桝次の間に隠し事はないようだ〟

訊かれたら、どう話したものかと気が重かった光太郎は、

「まったく、その通りだ」

晴れ晴れした気分で相づちを打った。

「それはいいとして、神隠しの方はまだなんでね」

桝次の方はすっきりしない。

「堀米屋の旦那ときたら、裏庭に埋めた千両箱を取り返しに来た由吉の仲間の盗賊

が、倅を掠ったに違えねえなんて言い出す始末でね、定町連中は昨日の夜から、堀米屋に貼りついてるんですよ。菊池の旦那から俺にも声が掛かって、昨夜は寝ずの番でさ」

桝次は眠そうな目をこすって、

「まさか、本当のことは言えねえしね」

呟いたところへ、

「おはようございます」

龍之介が茶を淹れてきた。

「おや、いつものカミツレじゃねえんですかい」

「千両箱を見つけてくれたお礼にと、昨日、遅くに、早速、堀米屋さんから桜餅が届いたものですから。桜餅にはやはり、煎茶でしょう」

「にゃーお」

シロが光太郎の膝から勢いよく飛び降りた。

六

次の瞬間にはシロの口は長命寺の桜餅を咥《くわ》えていた。

「へえ、この猫は甘党ですかい？」

桝次が目を丸くした。

「どうやらそうらしい。和三盆の入った壺をひっくり返された時は閉口したが——」

龍之介は苦笑したが、部屋の隅で桜餅を食べ始めたシロを見守る目は優しい。

「実は今朝、堀米屋のお内儀さんの具合がますます悪くなりましてね」

桝次は桜餅を一つ食べ、茶を啜り終わったところで切り出した。

「また、中原の旦那に来てもらえねえかと、堀米屋の主からじきじきに頼まれたんですよ。主は旦那が勧めたオオバコが、ことのほか、効いたんだそうで、旦那の腕を買ってるようでした。ええ、もちろん、これは菊池の旦那方には内緒です。定町の旦那方は千両箱を見つけ損なったことを、そりゃあ、口惜しがってやした。自分たちが見つけてりゃ、大した礼金が懐に入るわけですから。いくら、中原の旦那がお内儀さんを診に来るだけだと言ったって、魂胆があるんだろうと、くだらねえ癇癪《かんしゃく》を起こされるのが落ちでさ」

「お内儀さんは病ではない。悪阻が酷いだけだが、悪阻は気の持ちようでよくも悪くもなる。何かあったのか？」

「お察しの通りでさ。今日の朝一で、この前みてえなおかしな文が届いたんですよ」

「脅しの文だな」

光太郎は口を挟んだ。

「中には何と？」

龍之介が訊いた。

「ただのかごめ歌ですよ」

――かごめかごめ、籠の中の鳥はいついつ出やる、夜中の晩につるつる、つっぺった――とある。

「あっしが知ってるのは夜中の晩じゃねえ。夜明けの晩ですぜ」

桝次が首をかしげた。

「悪質な脅しだな」

光太郎は吐き出すように言った。

かごめ歌の籠の中の鳥は、母親が腹に宿している子どものことで、つるつる、つっぺったというのは、その母親の流産を意味しているのだと、光太郎はばあやから聞かされていた。

「たしかに」

龍之介も眉をひそめた。

桝次だけは知らなかったらしく、光太郎が説明すると、

「そいつぁ、ひでえな。お内儀さんがまいっちまうのも無理はねえ」

お槙をいたく案じた。

「こんな歌を届けてくるところをみると、堀米屋の倅を拐かしたのは、主と関わりがあって、倅やお内儀の腹の子を、邪魔者だと思って憎んでる奴の仕業ですぜ。色好みの主には、下谷のおゆいのほかに、ねんごろにしている女がいるんじゃねえでしょうかね。その女が情夫《いろ》とでも企んで仕組んだことじゃねえかと——。一つ、主に談判して訊いてみてくだせえよ」

桝次は意気込み、

〝たしかにそうだ。これは急ぎ、堀米屋だ〟

光太郎は立ちあがりかけた。

「ちょっと待て」

龍之介は猫を膝の上に抱いていた。桜餅で満腹になったシロは仰向けになり、龍之介に蚤取《のみと》りをさせている。

「これを」

龍之介はシロの毛をしごいて指に挟んだ。ふわふわした白い毛の間に、干からびきった葉切れが絡まっている。

龍之介はそれを鼻に近づけて、

「どうやら、桜餅の名残りのようです」

「今、食べてましたから」

当たり前ではないかと光太郎は思った。

「いや、今のだったら、こんなに干からびていないはずです。これは何日も前のものですよ」

そう言い切った龍之介は、

「大五という子どもの居場所がわかりました」

呆気にとられている二人を尻目に、素早く身支度を済ませると役宅を出た。

「今度ばかしはあっしもお供いたしやすよ。何しろ、これほど捜しても見つからなかった子どもの居場所が、やっと、わかったってえんだから。立ち会わねえでは気がすいやせん」

光太郎と桝次もついて行ったが、その後ろからはそろそろとシロが歩いてくる。

「居場所は桜餅を売ってる長命寺なのかな」

思わず口走った光太郎に、

「そりゃあ、ねえでしょう。方角が違《ちげ》えますから。中原の旦那の話じゃ、生き物は人より勘がよくて、こりゃあ、相当、やべえってえことを、よくよくわきめえてるってことでさ。きっとあの猫にもそれなりの事情があるんでしょうよ」

龍之介は亀島川に沿って南へと歩を進めて行く。亀島橋が見えてくるあたりからは、同輩たちの住まう組屋敷ではなく、商家が右手を埋める。

「行き先は鉄砲洲《てっぽうず》ですかね」

桝次が囁いた。

北紺屋町《きたこうやちょう》まできた時、シロが二人を追い抜くと、中原の前に飛び出した。

「案内してくれるというのだな、シロ」

中原の言葉に猫はにゃーおと鳴いて、間が悪そうに顔を前足で隠した。

「やっぱり、タマだね」

二軒先の一軒家から猫婆のおときが出てきた。

「おまえの可愛い声は近くにいるとすぐわかるんだ」

おときは愛おしそうに、猫を抱き上げてほおずりした。

「おや、先生もご一緒で」

「このあたりにお住みだと、先だって聞きましたので」

「十手持ちまで、いったい何の用だい？」

おときは中原の後ろに控えている桝次と光太郎を睨んだ。

〝あっしはこの婆さんには弱《よえ》えんだ〟

桝次の目が光太郎に訴えている。

「この方たちには、そちらが預かっている男の子を、待っている親のところへ送っていくために、来ていただいたのです」

「何の話かね」

さっと顔が青ざめたおときはしらばくれた。

「おときさん」

龍之介はまずは微笑んだ。

「おそらくあなたは、このシロ、いえタマを追いかけてきた子どもが、あまりに猫好きなのを知って、猫たちと少しの間、遊ばせてやりたいと思ったのでしょう。あなたならではの優しさです。それで、自分の家に入れた。ところが、沢山の猫に囲まれて、すっかり、夢中になってしまったその子は帰りたくないと言った。家では決して、猫を飼ってもらえないとも訴えた。あなたはその子が可哀想になり、心ゆくまでここで遊ばせてやることにした。ところが帰らせる頃合いを逸してしまった。あまりに子どもが幸せそうなので、あなたは、帰れとは言えなかったのです。夜になるとその子は猫たちのぬくもりに包まれて、寝入ってしまい、あなたは夜着などかけてやったことでしょう。けれども、翌朝から奉行所をあげての子ども捜しが始まった。それで、あなたは、自分のところに居る子どもが、皆で躍起になって捜している堀米屋の倅だとわかった。このままでは、自分は人さらいということになってしまうと、とうとう、あなたは夜も眠れなくなり、わたしのところを訪れて、カミツレの世話になるほどになった。違いますか？」

「そうだ、そうだよ」

おときの小さな身体がますます縮んだように見えた。

「うちの猫が可愛いって言ってくれたあの子もまた、可愛かったんだよ。あたしには若い頃、生き別れた子がいてね、その子と別れたのもちょうど、あの子ぐらいの年だったと思い出すと、どうにも、たまらなかったんだよ。あの子も帰りたがらなかったけど、あたしも帰したくなかった。だから、家がどこかなんてことまで訊かなかった。たった一晩のつもりだったんだよ、本当だ。次の日の昼までには、家がどこか訊いて、送り届けるつもりだったのが、世間があんな風に騒ぎ立てはじめるもんだから、もう、どうしていいかわからなくなって。今更、のこのこ出て行ったら、あたしは人さらいってことで、伝馬町《てんまちよう》に送られる。そうしたら、うちの猫たちはどうなるんだい？　誰も世話なぞしてくれるわけねえ。飼い馴らしていて、自分の力で餌は探せねえから、飢え死にするに決まってる。狡賢い三味線屋にだって狙われる。猫たちはどの子もあたしの可愛い子どもだ。猫たちを見捨てることなぞできるもんか――」

「よくわかります」

「これだけは言っとくけど、あたしはあの子が他人様《ひとさま》の大事な坊ちゃんで、案じている両親がいるってことはちゃんとわきまえてた。毛ほどもあの子を自分の子にしようとか、ここにずっと閉じ込めておこうなんて思ったこともないんだよ」

「それもよくわかっていますよ、おときさん。ですから、あなたがなさったことは、迷い込んできた子どもの世話をしてくださっていた、ただ、それだけの親切なのです。子どもの親から礼を言われる筋のものです。もちろん、お咎めなどあるはずもありません」

龍之介の言葉に、

「本当だね、本当なんだね」

おときは何度も念を押した。

七

おときの家の猫だらけの座敷で、大五は猫の大将のように振る舞っていた。膝、両肩、頭と猫を載せてにこにこと笑っている。

桝次が親たちが心配しているから、自分の家に帰るのだと言いきかせると、

「嫌だ、嫌だ、ここがいい。帰らない」

ごね続けたが、

「ここにずっと居ると、猫たちまでお咎めになるんだよ」

おときの言葉にうなだれて、

「もう、会えないの？」

泣きべそをかいた。

すると、龍之介は、

「きっと、時々は会えますよ。お父様に頼んであげましょう」

慰めて、

「本当？　本当だよ、約束だよ」

大五は涙を振り払った。

三人と大五はおときの家を出た。

「俺がおぶってやろう」

桝次がかって出たが、

「嫌だ、あのおじちゃんがいい」

大五は龍之介を指差した。

「生き物に好かれる人は人にも好かれるらしいぜ」

桝次はむくれた顔で光太郎に囁いた。

龍之介は背中に大五を背負って本八丁堀の堀米屋へと向かう。

「代わりましょうか」

途中、光太郎が気遣いしたが、

「大丈夫ですよ」

龍之介は堀米屋まで大五を背負い続けた。

堀米屋では大五が見つかったとあって、てんやわんやの騒ぎとなった。

報せを聞いて、店先に飛び出てきた利左衛門は、

「よかった、よかった、本当に大五だ。大五が生きていた。帰ってきた」

感涙にむせんだ。

「目を離した隙に、また、どこかへ行ってしまうような気がするからわたしの部屋へ連れて行こう」

「その前に、着物を着替えさせて。髪も梳いてやってください。くれぐれも猫の毛を残さないように」

「そうですね。きれいさっぱり、いやなことは捨ててしまいましょう」

利左衛門は龍之介の勧めを聞き入れ、小女に言い付けて、大五を奥に連れて行かせると、

「このたびは何とお礼を申しあげたらよろしいのか――この通りです」

向かい合っている龍之介に平伏した。

「ついては、お礼をさせていただきたいのです。これではいかがでしょう」

利左衛門が目配せすると、重助は裏庭から掘り起こした千両箱を取りに行った。

千両箱を目にした桝次は、

〝おいおい、こりゃあ、正月の宝船の夢じゃねえだろうな〟

さほど眠くなった目をこすり、

〝うちのおとっつぁんだって、これほど、気前はよくないだろう。これを中原殿が貰ったら、どれだけ、定町の連中が地団駄踏んで口惜しがるか――〟

光太郎は是非とも、菊池たちが瘤瘤玉のようになるながめを見てみたいと思った。さぞかし、胸がすくことだろう。

ところが、

「お礼は辞退いたします」

龍之介はさらりと断った。

「そうは言っても、中原様――」

利左衛門の丸い目が困惑を極めている。

「その代わり、お願いがあるのです」

「お願い？」

利左衛門は訝しげに訊き返した。

「息子さんを時々、猫と遊ばせてやってほしいのです」

「猫――」

利左衛門の眉が八の字に寄って、

「猫とおっしゃられましても――」

ごほんと一つ咳をした。

「あなたが猫の毛で喘息を起こす体質《たち》であることは存じております。それゆえ、ご当家では猫を飼われないのでしょう。ですが、ご子息はそのような持病とは無縁で、猫が大好きなのです。常々、ここの長命寺桜餅を目当てにやってくる白い猫を気にしていて、手習いの帰りに見かけたので追いかけたのでしょう。その先は沢山の猫たちが飼われている、猫好きの老婆の家でした。そこでご子息は、まるで、竜宮城に迷い込んだ浦島太郎のように、楽しい時を過ごしていたのです。どうか、この夢を覚まさないでやっていただけませんか。この通りです」

そう頼んで微笑んだ龍之介は頭を下げた。

「何をなさるのです。どうか、頭をお上げになってください。お頼みは何かと思いきや、大五の気持ちをそこまで思いやってくださったとは――」

利左衛門は目を潤ませ、

「わかりました。浦島太郎は二度と竜宮城へ行けませんでしたが、大五には時々、許してやることにいたします」

約束した。

「そうでした、お内儀さん具合が悪かったのでしたね。診てさしあげましょう」

龍之介は立ち上がると、

「今、ご案内いたします」

先に立って廊下を歩き出した重助が、

「ご指図の通り、お内儀さんには若旦那が見つかったことは申し上げておりません」

龍之介に耳打ちした。

「あっしはこのあたりで」

桝次は帰って行った。

龍之介の後について廊下を歩きながら、

〝脅しの文が子どもの神隠しと関わりがなかったということになると、いったい、何のための脅しなのだろうか？　盗賊だったという由吉の仲間が千両箱のことを嗅ぎつけたのか――〟

光太郎は脅しの文の真相が気になってならない。

「お内儀さん、中原先生です」

お槙の部屋の前に立った重助が声を掛けると、

「どうぞ」

おお槙のか細い声が聞こえた。

龍之介と光太郎が部屋に入ると、

「それではわたしはこれで。何かあったら、おっしゃってください」

重助は障子を閉めた。

槙は身体を起こして二人を迎えた。顔色は前に役宅で見た時同様、青ざめている。さらに痩せたようにも見えた。

「お加減はいかがですか」

龍之介はお槙を労るように訊いた。

「いいわけありません」

「また、酷い文が届いたそうですね」

「ええ、もう、あそこまで酷い文――」

「かごめ歌でたしたね」

「そうです」

「歌の中に何か、特別な意味が込められているのかもしれません」

「でも、あれはただ、子が流れてしまう母親の悲しみを歌ったものですけれど」

「案外、そうではないかもしれませんよ。さあ、歌詞をもう一度、思い出してみてください。歌わないで、話すように」

龍之介はお槙を促した。

〝かごめ歌の歌詞なら、中原殿もご存知だろうに〞

「かごめかごめ、籠の中の鳥はいついつ出やる、夜中の晩につるつる、つっぺった」

お槙は渋々、歌詞を口にした。

〝そうだ、思い出した。かごめ歌を教えてくれたのはばあやのおうめだった。忘れないようにと、一言一言、紙に書かせられて――。下野《しもつけ》生まれのばあやのかごめ歌は、夜明けが夜中だった〞

「お内儀さんは下野のお生まれでしょう」

光太郎は言い当てると、龍之介が目で頷いた。

「ええ、郷里は下野の今市《いまいち》宿ですが」

お槙は怯《おび》えた目になった。

そこで龍之介は大五が見つかった経緯を明かした。

「でも、脅しの文はまだこうして――」

「いいえ、もう、脅しの文に怯える必要はありません。文を書いた張本人がここに居るからです。脅しの文を書いたのは、お内儀さん、あなたです」

「わたしが何のために、このような愚かなことをするというのでしょう?」

お槙は認めなかった。

「それはわたしの方が訊きたい。何であなたは、神隠しにこじつけ、普段から決して、冷たくなどなかった奉公人たちが、あたかも悪意の塊であるかのごとく思わせた上、こんなことまででっちあげたのですか?」

龍之介の口調はいつになく厳しかった。

「あなたは身体の中で、かけがえのない命を育てているのですよ。そんな身でありながら、このような咎を犯すなどあってはならぬことです」

「重助がおゆいさんと一緒になると聞いたからです」

お槙はひっそりと答えて、目を伏せた。

「自分でもわからないんです。それを聞いた時、身体中の血が煮えくりかえるような気がしました。わたしは堀米屋の内儀だけれども、重助とは夫婦になれない。夫婦になるのはおゆいさんだと思うと、憎くてたまらなくなったんです。身籠もっているのが旦那様の子だと思うと、子が出来たのも、あまりうれしくなくて——。わたしは奉公人だった頃からずっと、重助が好きだったんです。内儀になっても、ずっと独りでいる重助は心の支えでした。重助と夫婦になる夢をよく見ました。重助はわたしのものだと思い込んでしまって――。それで、大五が神隠しに遭ったと聞いて、おゆいさんに罪を着せようとしたんです。今、思えば何と恐ろしいことを――」

お槙はわーっとその場に泣き伏した。

「お内儀さん」

話しかけた龍之介は、

「この話はご主人には申し上げません。あなたに悪かったという気持ちがあるならば、どうか、早く、悪阻を癒して、よいお子さんを産むことです。幸せは夢を見ていては手に入りません。辛いこと、苦しいことを乗り越えてこそ、見えてくる光なのですよ」

穏やかに言って、揺れているお槙の背中を優しく撫でた。

この日、おたいは好物の卵焼きを並べてはみたものの、多少、後ろめたい気分で光太郎の帰りを待ちわびていた。

〝でも、これは煮売り屋の卵焼き。何度も試してみたけど、上手く焼けず、どれも焦がしてしまった。明日こそ、あたしの卵焼きを光ちゃんに食べさせよう――〟

とはいえ、帰ってきた光太郎が上機嫌で、堀米屋の大団円の話をすると、おたいの後ろめたい気分は一挙に吹き飛んだ。

「つまり、中原様は猫がつけてた桜の葉の切れっ端で、シロが堀米屋へ出入りしているとわかったわけね」

「それが主の喘息と結びついて、堀米屋じゃ、猫は飼えないとわかったんだ。折しも、不眠で治療に訪れた猫婆の様子も、中原殿には、常とは違うとぴんと来て、めでたく、大五が見つかったというわけだよ」

「でも、中原様、千両箱を断っちゃったのは残念ね。あたしだったら、貰っちゃうかも」

「それより、大五に猫の友達を作らせてやりたかったんだろうな。ただ、あの千両箱が奉行所行きになったのは口惜しいよ。何も知らない主は、まだ、埋めた千両箱欲しさに、由吉を殺した仲間が押し込みに入るって、思い詰めてる。それで、千両箱と引き替えに奉行所を用心棒代わりにしたのさ」

「堀米屋のご主人、お内儀さんのお槙さんの狂言も、心の裡《うち》も知らないんでしょ。脅しの文も、盗賊の仲間からの嫌がらせかもしれないって信じ切ってて――」

「そうだろうな。けれど、罪を作ったのは、女好きの堀米屋本人なんだから仕方ない」

「光ちゃんのおとっつぁんも堀米屋のご主人みたい？　大店でお大尽だっていうことじゃ、同じでしょ。お内儀さん、光ちゃんのおっかさんが早くに死んじゃったっていうのまで一緒だし——」

「うちのおやじは頑固者で、俺とはそりが合わないんだが、女には固いんだ。つきあいで遊ぶことぐらいあったとは思うけど、死んだおっかさん一筋——。ほかに哀しい目に遭わせた女がいないっていうのが、取り柄といえば取り柄だな。俺、今、はじめて、おやじを多少、いい奴だと思える」

〝いい奴はあんたよ、光ちゃん〟

そう叫ぶ代わりに、いつもよりも激しく、おたいは光太郎に抱きついた。

そんなおたいを抱き止めた光太郎は、

〝しかし、どうして、中原殿はあんなにもいろいろなことを知っているのだろう。草木や犬猫などの生き物のことは馬医者を志して、練馬で修業していたのだから、なるほどと思うし、米田屋と堀米屋の確執については、いきなりカマをかけて、見透かされていると勘違いした向こうが、観念したのだとも思えるが、骸についての知識は尋常ではない。あんなことまで、あれほど知っているのはなぜなのか。——いったい、どうして——〟

中原龍之介の目がぎらついて、表情が翳った一瞬を思い出していた。

〝たしかあれは、人の恨みについて話をしてくれた時だった〟

了

〈参考文献〉

『ハーブインストラクター講座　ステップ1・2』
ジャパンハーブソサエティー編（いしずえ）

本書は文庫書下ろし作品です

|著者|和田はつ子　東京都生まれ。日本女子大学大学院修了。ミステリー、ホラー小説などを経て、現在は時代小説を精力的に執筆。本作「お医者同心　中原龍之介」ほか、「口中医桂助事件帖」「料理人季蔵捕物控」「余々姫夢見帖」「鶴亀屋繁盛記」各シリーズで人気を博している。

お医者同心《いしやどうしん》 中原龍之介《なかはらりゆうのすけ》 猫始末《ねこしまつ》

和田《わだ》はつ子《こ》

2010年3月12日第1刷発行

発行者──鈴木　哲
発行所──株式会社　講談社
東京都文京区音羽2-12-21　〒112-8001
電話　出版部（03）5395-3510
　　　販売部（03）5395-5817
　　　業務部（03）5395-3615
Printed in Japan

講談社文庫
定価はカバーに
表示してあります

デザイン─菊地信義
本文データ制作─講談社プリプレス管理部
印刷───豊国印刷株式会社
製本───株式会社若林製本工場

落丁本・乱丁本は購入書店名を明記のうえ、小社業務部あてにお送りください。送料は小社負担にてお取替えします。なお、この本の内容についてのお問い合わせは文庫出版部あてにお願いいたします。

ISBN978-4-06-276609-8

講談社文庫刊行の辞

二十一世紀の到来を目睫に望みながら、われわれはいま、人類史上かつて例を見ない巨大な転換期をむかえようとしている。

世界も、日本も、激動の予兆に対する期待とおののきを内に蔵して、未知の時代に歩み入ろうとしている。このときにあたり、創業の人野間清治の「ナショナル・エデュケイター」への志を現代に甦らせようと意図して、われわれはここに古今の文芸作品はいうまでもなく、ひろく人文・社会・自然の諸科学から東西の名著を網羅する、新しい綜合文庫の発刊を決意した。

激動の転換期はまた断絶の時代である。われわれは戦後二十五年間の出版文化のありかたへの深い反省をこめて、この断絶の時代にあえて人間的な持続を求めようとする。いたずらに浮薄な商業主義のあだ花を追い求めることなく、長期にわたって良書に生命をあたえようとつとめるところにしか、今後の出版文化の真の繁栄はあり得ないと信じるからである。

同時にわれわれはこの綜合文庫の刊行を通じて、人文・社会・自然の諸科学が、結局人間の学にほかならないことを立証しようと願っている。かつて知識とは、「汝自身を知る」ことにつきていた。現代社会の瑣末な情報の氾濫のなかから、力強い知識の源泉を掘り起し、技術文明のただなかに、生きた人間の姿を復活させること。それこそわれわれの切なる希求である。

われわれは権威に盲従せず、俗流に媚びることなく、渾然一体となって日本の「草の根」をかたちづくる若く新しい世代の人々に、心をこめてこの新しい綜合文庫をおくり届けたい。それは知識の泉であるとともに感受性のふるさとであり、もっとも有機的に組織され、社会に開かれた万人のための大学をめざしている。大方の支援と協力を衷心より切望してやまない。

一九七一年七月

野間省一